石田衣良

ISHIDA IRA

憎悪のパレード

池袋ウエストゲートパークXI

IKEBUKURO WEST GATE PARK XI

文藝春秋

憎悪のパレード ―― 池袋ウエストゲートパークXI ▼ 目次

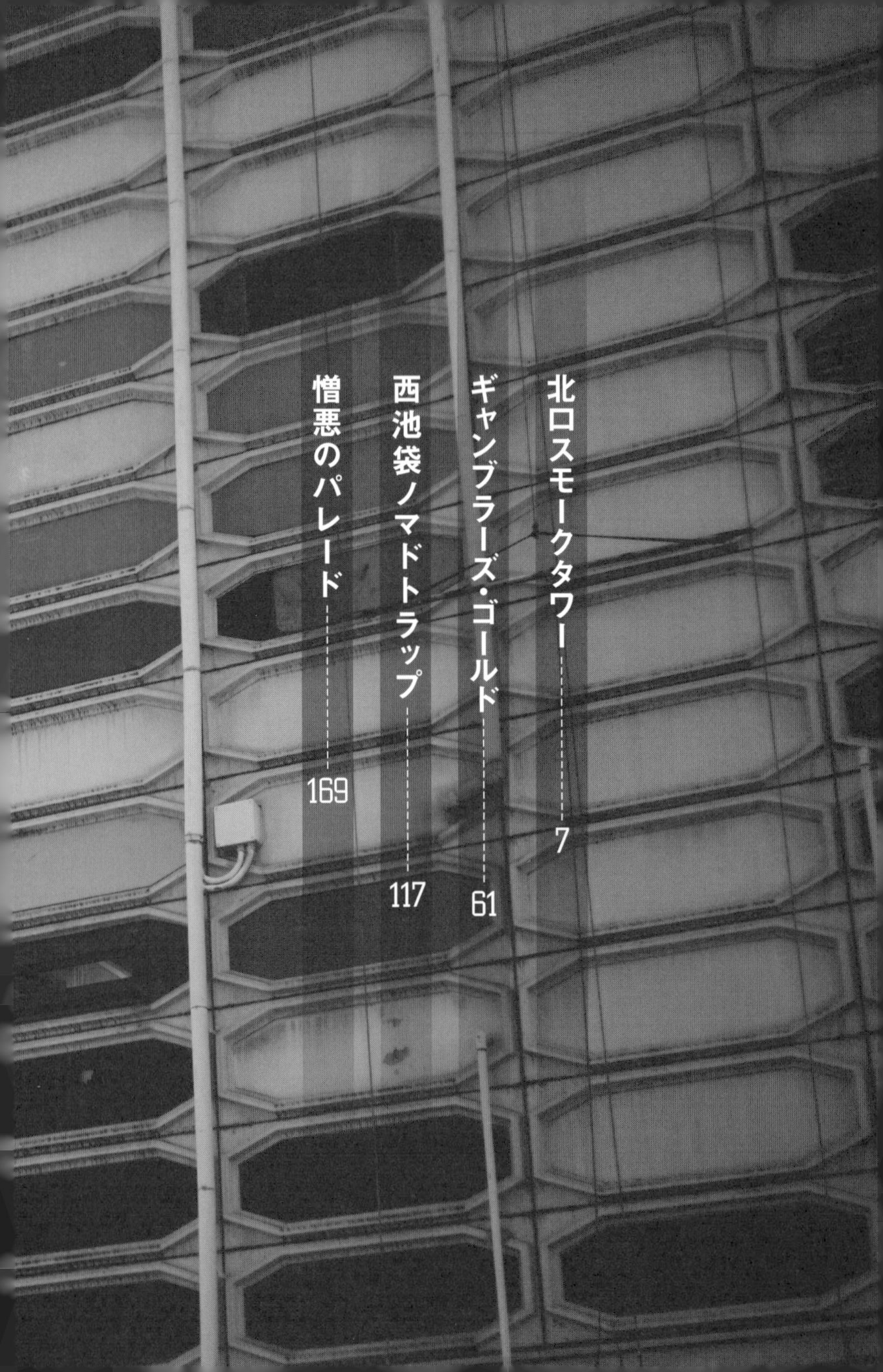

北口スモークタワー……7
ギャンブラーズ・ゴールド……61
西池袋ノマドトラップ……117
憎悪のパレード……169

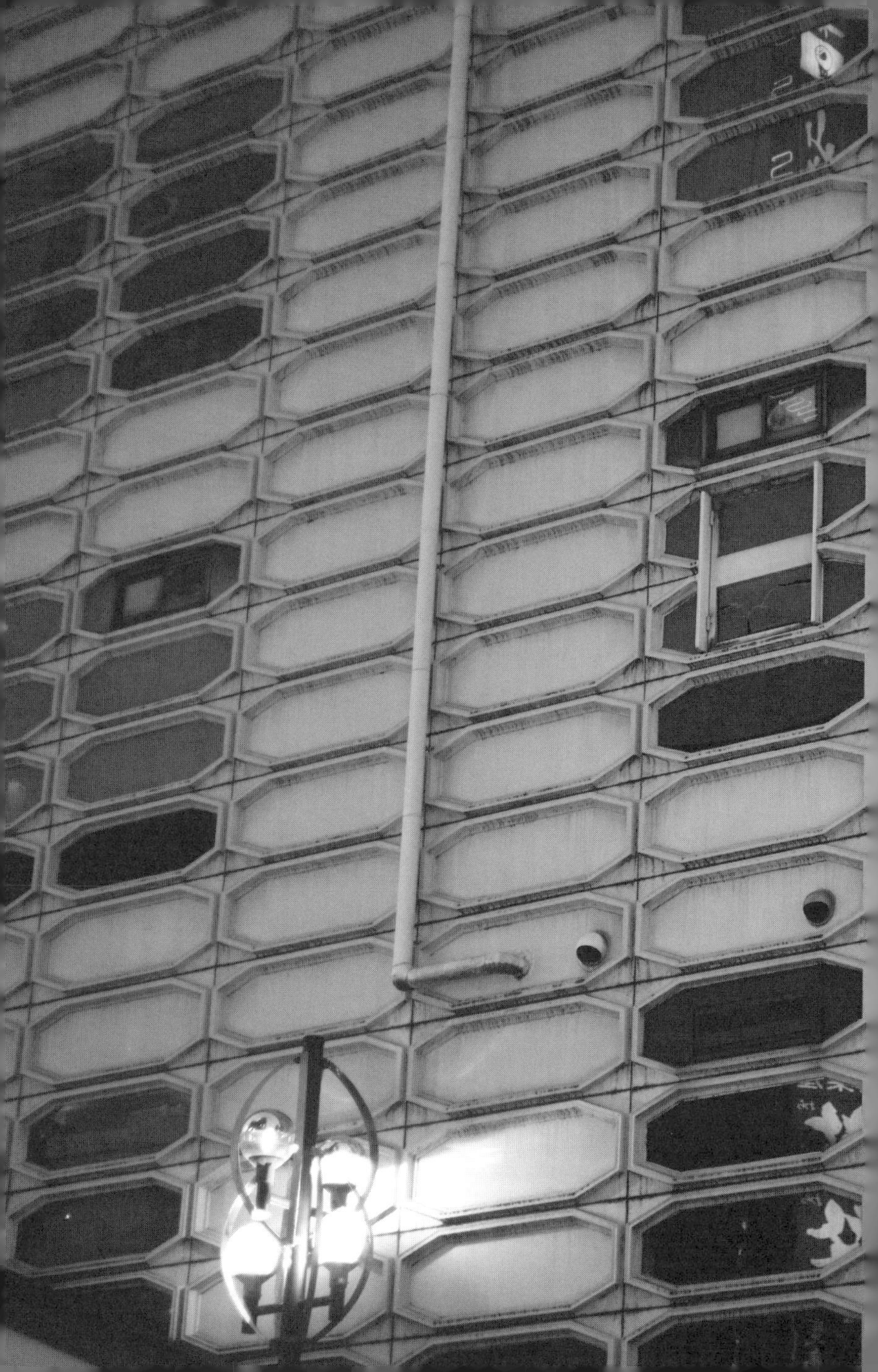

写真（カバー・目次）　新津保建秀
装幀　関口聖司
イラストレーション　北村治

憎悪のパレード

池袋ウエストゲートパークXI

北ロスモークタワー

池袋のスモークタワーをしってるかい？

そいつはJR北口から徒歩三分、二百九十円均一のデフレ居酒屋とネットに押され年金暮らしの老人しか客がいないポルノ映画館のあいだにそびえる堂々たるペンシルビルだ。ほんとの名前はえらそうに池袋北タワービルディングというんだが、誰もそんな名前で呼ぶやつはいない。ただのスモークタワー。そいつで十分つうじるんだから、すでに立派な観光名所。

薬事法と東京都のドラッグ条例すれすれの脱法ミニスカイツリーである。

久しぶりのおれの話は、いかれたスモークタワーにまつわる煙みたいにあやふやな事件。そのビルから立ちのぼるスモークのなかには、JWH―018とか、CP―47497とか、AM694なんて、フライトナンバーみたいな合成カンナビノイド（大麻の主成分に似たケミカルね）がたっぷりとふくまれてる。当然そいつを吸いこめば、オーガニックでマイルドでオールドファッションドな天然大麻より、激しくぶっ飛ぶことになる。

あんたも最近よくきくだろ。

壁に空いた穴みたいに瞳孔《どうこう》を広げてストリートでのたうちまわったり、自分は死ななきゃいけないと二階から飛び降り両脚を折ったり、裸にイヤホンだけつけてジョギングする飛びすぎたガキどもの話。あまりありふれてるからニュースにもならない脱法ハーブのジャンキーネタだ。

この数年で政権交代が二度ばかりあったけど、世のなかはまるで変わらなかった。増えるのは国の借金と電気料金、減るのは子どもと正規職と給料ばかり。そんな下り坂のニッポンで、明日に希望のもてなくなった若者が、脱法ハーブにはまる。まあ、そんなふうに新聞には書いてある。現代の神話だよな。

だが、正直なところ、おれにも若いやつがなぜドラッグにはまるのか、実はよくわからないんだ。未来に絶望したのかもしれない、ただの憂さ晴らしかもしれない、ガキはいつの時代もガキだから、禁止されたことを試したいだけかもしれない。どっちにしても、短いハイの代償に壊れてくのは、自分の頭と身体なんだ。

池袋のマジマ・マコトも、もう二十代後半になった（正確な年は秘密だ）。あとからやってくる世代は、いつだって謎である。

あんたも若いころを思いだせば、そいつはよくわかるだろ。年上のオヤジの説教は予想がつくけれど、次の世代がなにをしでかすかはブラックホール。

それでもおれはこの舌がまわる限り、なんとか現役でしのいでいくつもり。毎日通りに立ち、時代の風に耳を澄ましてね。年金には期待できそうもないし、国や政治家の世話になるなんて、うんざり。

街の人間は、自分の腕と舌で生き延びなくちゃな。

暖冬予想が百八十度裏切られた一月の池袋、おれはいつものように店番をしていた。西一番街にある小顔のシャム猫の額のような果物屋が、おれんち。店先にならんでるのは、とよのかイチゴにサンふじに清見オレンジに富有柿といった冬のオールスターの面々だ。

果物屋が楽なのは朝、店をだしてしまえば、あとはただぼんやりとしてるだけで商売になるところ。その日も店の奥で足元に電気ヒーターをおいて、ぼんやりと音楽をきいていた。おれはネットのダウンロードは好きじゃない。古くさいけど、断然パッケージソフト派。レジのわきにおいてある青い布張りの箱は、グレン・グールドが弾いた全バッハ作品を収めたボックスセットだった。CD三十八枚に、DVDが六枚。きいてもきいても終わらない超大作が約一万円だ。音楽デフレもどんづまりだよな。

夕日を浴びた柿の艶《つや》やかなオレンジが映える午後四時、池袋の王さま・安藤崇《あんどうたかし》の声が狭い店に響いた。BGMはバッハのトッカータ。グールドのはおもちゃのピアノでも弾いてるように、響きが薄くて軽やかだ。

「こいつの話をきいてやれ」

予約も予告もなしにやってくる気まぐれな王さま。タカシは今年流行の青いツイードのジャケットに雪のように白いマフラーを巻いていた。くるぶしが見えるくらい短いパンツはグレイ。こいつがファッション誌を読んでいるのは見たことないが、なぜかトレンドはしっかりと押さえている。アヴァンギャルドなトラッドスタイル。

王さまがじきじきに首根っこを押さえてるのは、薄汚れた格好のガキ。十二、三歳くらい。ワッペンだらけのジーンズに、灰色のパーカ。顔はキャップのうえにパーカのフードをかぶせていて、よくわからない。

「それ、仕事？　金になる話か」

おれんちはボーナスがない低賃金長時間労働のブラック果物屋で有名だ。ガキにきいてみた。

「それって、新しい流行なのか」

灰色のパーカの肩からフードにかけて、黒い線が走っている。その線は右側の頬まで続いていた。タトゥをしているやつはこの街ではめずらしくない。だが、顔に刺青《いれずみ》をさしたガキはさすがに池袋でもめずらしい。それともメイクで頬にナイフの傷跡でもつけているのだろうか。戦国ゲームが大人気だからな。もう十代のファッションにはついていけない。おれの後方から、おふくろの声が飛んだ。

「まあ、女の子なのに顔に傷をつけたらいけないよ」

このガキが女の子？　おれにはコンビニのまえで座りこんでるアホな男子と同じに見えた。おふくろはポットのお湯で濡らしたタオルをもってくる。フードとキャップをはずして、頬をふいてやった。タオルには黒い煤が残った。燃える家から逃げてきたのだろうか。髪はつんつんのベリーショートだが、けっこうかわいい顔をしている。

「おまえ、名前は？」

そっぽをむいたまま、ガキがいった。

「倉科《くらしな》魅音《みおん》。あんたたち、警察を呼ぶの？」

おれは肩をすくめるだけ。おふくろがいった。

「タカシくんから大切な話があるんだろ。マコト、その子を面倒みてやんな」

なぜかあらゆる年齢の女性に、タカシは好意をもたれる特殊能力がある。おれにしたら稲妻のようなやつの右ストレートジャブより脅威的。

というか嫉妬的？


おれたちはロマンス通りの純喫茶にいった。

ガキとタカシとおれ。ふてくされた男装のローティーンを連れたおれたちを見て、Gボーイズのメンバーが驚いた顔で挨拶《あいさつ》してくる。まあ、めったにない組みあわせだよな。おれは日本のほとんどの男とは違いロリコンではない。

紫ガラスのドアを押し開けて、店にはいった。ソファはだいぶすり減った紫ビロード。

「好きなものを注文していいぞ。そこのすかしたお兄ちゃんのおごりだ」

先手をとって、ガキにいってやる。タカシの声はシベリア寒気団のように冷たいが、どこか丸みをおびて優しかった。いったいなにがあったのだろうか。このガキはなにもんだ？

「昔からのしりあいなのか」

タカシはちらりと腕時計を見た。また見たことのない時計をしている。パネライのラジオミールだ。ベルトは黒のクロコダイル。

「初対面から、七十五分になるな。ミオンを確保したのは、うちのメンバーだ。たまたまおれが近くにいたから、話をきくことができた。そのあとはまっすぐおまえの店だ」

確保？　放課後遊んでいる子どもにはつかわない言葉だった。

「ミオン、いったいなにやったんだ？」

男の子みたいな女の子は無言でうつむいたまま。代わりにタカシが笑っていった。

「放火。それも池袋駅から徒歩三分の北口でな」

日本の初等教育は完璧に失敗した。放火の現行犯で捕まったガキはまったく反省の色を見せない。

「おれは児童相談所じゃない。こっちより池袋署の少年課のほうがいいんじゃないか」

あの署なら、おれとタカシと十年来の腐れ縁の刑事・吉岡《よしおか》がいる。すこしは偉くなったようだが、普通の会社ならまだ係長というところ。タカシは凍りつくように笑った。

「それでいいのかな。ミオン、おまえが段ボールに火をつけた場所をいえ」

女の子が顔をあげた。目が憎しみで黒々と光っている。

「北口スモークタワー」

そういうことか。おれは腰を落ち着けて、話をきく態勢になった。


スモークタワーはＪＲ池袋駅から、線路沿いに大塚方向にむかって三分ばかりのところに建っている。築三十年を超える細い雑居ビルだ。スモークタワーの由来は、そこで煙に関するものすべてが手にはいるから。いってみれば脱法ドラッグの総合百貨店だ。

「こいつはスモークタワーの裏で、積んであった段ボールに火をつけていた。Gボーイズがすぐに火を消して、タワーは無事だ。消防は呼んでいない」

タカシがそういうと、ミオンが吐き捨てる。

「あんなビル、全部燃えればよかったんだ。あんたたちが邪魔したって、わたしはまた火をつけにいくからね」

そうとうな事情がありそうだった。ミオンのまえにならんでいるのは、バナナチョコパフェとパンケーキとホットココア。おれんちは貧乏だったので、そんな贅沢《ぜいたく》な注文は生まれてから一度もしたことがない。おれはパンケーキのうえに飾ってあるイチゴのスライスを見つめながらいった。

「なにがあった？　おれたちはおまえの敵じゃない。話をきかせてくれ」

ミオンがじっとおれをにらんだ。目に力をこめてこらえているけれど、涙がスローモーションでふくれあがって、転げ落ちていく。

「わたしのばあが……」

ミオンは十二歳の女の子らしく、そこからは声をあげて泣きだした。しばらくして泣きやむと、メープルシロップをたっぷりかけたパンケーキとバナナチョコパフェを平らげていく。なぜか、おれにイチゴの刺さったフォークをさしだしてくれた。甘くて、いいイチゴだった。だいたいこういう店では、見てくれはきれいでも、まだ青いイチゴをつかうものだが、今回は正解。

つぎの話は、おれがミオンの証言をつなぎあわせ再構成したものだ。イチゴのお礼。

なにせ、十二歳のガキの証言って、主語も述語も時制も視点もばらばら。一次予選で落選する新人賞の応募原稿みたいだからな。

ミオンの祖母は、倉科紗江《さえ》七十二歳。

女性の平均寿命が九十に届きそうなこの国では、まだ老人になりかけというみずみずしいばあさんだ。ミオンの母親はミオンの父親と離婚してから、別な男と再婚した。ミオンを紗江にあずけたままね。その後、双方とも養育費やお年玉どころか、電話一本かけてよこさない。母親と父親はどうでもいいクズなので、わかっているがおれは名前をいわない。

ミオンは紗江といっしょに、池袋の街の片隅でなんとか暮らしていた。年金と切り崩した貯金でね。紗江が池袋本町にあるスーパーに買いものにいったのは、去年の春一番が吹いた生ぬるい日だった。ミオンはばあが焼くホットケーキが好きだったから、その粉を買いにいったという。あんたもこの街の人間なら、春一番と地名で思いだしただろ。一瞬だが全国ニュースになったから、テレビで見たやつもいるかもしれない。

「池袋本町暴走事故」である。

運転していたのは池本晋吾《いけもとしんご》二十四歳。やつは埼玉県久喜市生まれ。近くにある工場で派遣労働者として働いていた。趣味はレゲエと野外フェス。やつがのったスズキワゴンRは七十キロ近いスピードで池袋本町の商店街を走り抜けた。接触した車が三台。当て逃げした人間は五人だ。死者がでなかったのは、ただやつの悪運が強かっただけにすぎない。最終的には宅配便のトラックにぶつかって、ピンボールのように跳ね、セブン-イレブンに正面からつっこんでいった。

問題はやつが、脱法ハーブを決めてたこと。初めてではなく常習者だ。シンゴは運転中突然、誰かに追われていると思いこんだ。捕まったら全身の皮をはがされ、街灯からつるされると、かつぎこまれた病院のベッドでさえ震えていたという。死亡事故ではなかったし、やつが交通事故を起こしたのは初めてだったので、危険運転致死傷罪の適用は見送られ、業務上過失傷害で裁判は落ち着いた。

懲役一年半、執行猶予三年という判決は、秋になるまえにくだされている。

やつにとっては痛くもかゆくもない刑だよな。

残念だったのは、ミオンのばあが事故に巻きこまれる以前から骨粗鬆症《こつそしょうしょう》だったこと。うしろから追突されたばあは、もろくなっていた腰骨の右半分と右の太ももを複雑骨折してしまった。シンゴの判決がでるころになっても、まだ入院したまま。もう杖なしで歩くことはむずかしいと医者にはいわれたそうだ。リハビリにあと何年かかることか。

悪運の玉つきってあるよな。

そのときミオンはまだ小学五年生。ばあが長期入院したら、ひとりで生活できない。実の母親は引きとりを拒否した。ミオンは押しだされるように児童養護施設にいくことになった。

このガキが暮らしているのは、東池袋にある「青桐《あおぎり》の家」だ。

青桐は美しい緑色の幹をした広葉樹で、伐《き》られてもすぐに生長を再開する生命力の強い木だという。希望をこめてつけた施設名なのだろうが、おれはどの子どもにもそんな復元力があるなんてとても思えない。

枝や葉ならまだいいだろう。だが、幹を伐りとられて、すくすく伸びるガキなんて、そうはいないものだ。それはおれのまわりにいたたくさんのガキを見ていればよくわかる。やつらのほとんどは、通りにあいた排水溝にのまれるように、おれたちの社会のダークサイドに落ちていった。フォースはこの街では有効じゃない。


「そういうことか。シンゴとかいうジャンキーが脱法ハーブを手にいれたのが、あのスモークタワーだったんだな」

ミオンはホットココアのお代わりで、すこし眠たくなったようだった。目が腫《は》れぼったい。おれにうなずいていった。

「うん。あいつはいつもあそこで買ってたんだって。週刊誌に書いてあった」

「タカシ、その店はどうなったんだ」

タカシは砂糖もミルクも抜きでエスプレッソのダブルをすすっている。よくあんな苦い泥水がのめるものだ。

「まだ営業している」

「警察からのおとがめは？」

「指導や注意はあったが、店側は突っぱねた」

おもしろがっているようだ。まあ、敵の敵は味方というから、警察をおちょくるやつならみんなおもしろいのかもしれない。

「おれは脱法ハーブにも、ドラッグにも詳しくない。あとでおまえの店に専門家を送る。やつから話をきいてくれ」

「名前は？」

「教授」

「本名は？」

「ストリートネームだけだ。おれもしらない。やつはGボーイズのメンバーというより、相談役といったところだ。マコトもわかっていると思うが、うちでは覚醒剤もマリファナもご法度《はつと》だ」

どこかの暴力団と違って、Gボーイズの禁制は絶対だ。おれの知る限りスピードやマリファナに手をだしているガキは今のところいない。おれは目をこするミオンにきいてみた。

「おまえはスモークタワーをどうしたいんだ？」

なにをあたりまえの質問してるんだって顔で、女の子がおれをにらんだ。

「ばあの仇《かたき》をとるんだ。また火をつけて燃やしてやる。今度は絶対失敗しない。子どもなら罪にはならないんだよね」

刑事事件にはならなくても、少年審判はある。放火によって死者がでれば、更生施設に送られることになるだろう。

「そいつはあまりいい考えとはいえないな。あんなタワーを煙にするくらいで、ミオンが一生を台なしにすることはない」

タカシがうなずいていった。

「あの事故でけがをした五人のなかに、うちのメンバーもいた。若い母親だ。ベビーカーのわきを暴走車が駆け抜けていったそうだ。口から泡をふいた運転手を目撃している」

ベビーカーすれすれに走る自動車を想像した。運転手は脱法ドラッグでいかれている。最悪だ。

「そのGガールはどうした？」

「だいじょうぶだった。ベビーカーを守ろうとして、右腕をサイドミラーにこすっただけだ。軽い打撲ですんだ」

ミオンと一瞬目をあわせると、王さまは威厳をもっていった。

「この子の望みとGボーイズの方針は一致している。いいか、マコト、これは正式な依頼だ。スモークタワーをこの街から追いだせ。この街のガキにもじわじわとドラッグが浸透している。合法だろうが、脱法だろうが、違法だろうが関係ない。ドラッグはGボーイズの敵だ。やつらをタワーからあぶりだして、徹底的にはめろ」

アイアイサーご主人さま。おれはランプの魔神にでもなった気分だった。タカシがそう命じるのなら、Gボーイズの組織と資金はつかい放題。この街にいくつかある無敵アイテムのひとつが手にはいった。

びっくりした顔で、ミオンがおれとタカシを交互に見た。

「なんで、そんなことまでやってくれるの」

タカシは冷たく笑ってこたえない。おれは王の代わりにいってやった。

「こいつはすごいロリコンで、十二歳の女の子の涙に弱いんだ」

池袋の王さまが唇の端をつりあげた。氷の微笑。Gガールズに一枚五百円で売れるからいつか撮影会でも開かせてもらおう。おれの写真の腕はなかなかだ。

「ヒロキ、カオ、サヤー、子どもの涙に弱いのはおまえだ、マコト」

ミオンがぽつりといった。

「ふたりは仲いいんだね」

冗談じゃないとタカシはいうと、手が切れるような一万円札の新券をおいて帰っていった。おつりはおれとミオンで山分け。王さまの友達でいると、たまにいいことがあるよな。


純喫茶をでると、ミオンとおれはロマンス通りを歩いた。株価は少々あがったようだが、池袋のストリートに影響はない。ホームレスと仕事のないガキがゾンビのように漂っている。

「なあ、ミオン」

おれの胸くらいまでしか身長のない女の子にいった。

「おれたちがきっちり仕事するまで、放火はダメだからな」

「わかった」

トロリーケースを転がした若い男が目のまえを横切った。目に光がなく、髪は一週間も洗っていないみたいに脂《あぶら》ぎってばさばさ。ダウンの穴はガムテープでふさいである。貧しい者はより貧しく。世界の常識は、非常識だ。

「おまえって、勉強は得意なのか」

「まああかな。塾にはいってないけど、クラスのベストテンから落ちたことないよ」

おれとはまったく違って優等生だ。

「だったら、きちんと勉強して、大学までいくんだぞ。やっぱり学問って大切だ。これから先は競争がどんどん厳しくなるからな」

年をとったってことかもしれない。今頃になって、おれはもっと勉強しておけばよかったと痛感している。ミオンは将来、中国やシンガポールやベトナムの大学生と闘うことになるのだろう。ひとつの就職口をめぐって。

「マコトさんって、うちのばあと同じことというね」

おれたちの頭上でパチンコ屋のネオンサインが灯《とも》った。赤、紫、ピンク、白。節電のために日がかげるまで点灯しないのだ。ミオンの短い黒髪に天使の輪がカラフルに浮かんでは消える。天使というには、ずいぶんとボーイッシュだった。

「こうるさいかもしれないけど、おまえの未来のことを心配してる大人はみんなそんなふうにいうのさ。そいつらの願いって、いつもおんなじだ。ただ自分と同じように失敗してほしくないだけなんだ」

おれはミオンの頭に手をおいて、短い髪をくしゃくしゃに乱してやった。悲鳴をあげながら、女の子が笑った。東口のロータリーまでくると、ミオンが右手をさしだした。おれがその手を見ているという。

「はい、お友達の握手」

おれはちいさくて冷たい手をにぎった。てのひらなんて、下敷きくらいの薄さ。

「施設や学校がつらくなったら、うちの店に顔をだせよ。おれがいなくても、おふくろがいる。

さっきのばあの話をすれば、おお泣きして、きっとメロンくい放題にしてくれるぞ」

「わかった。やっぱり大人のおじさんってカッコいいね。わたし、おとうさんをしらないから、マコトさんみたいな人がおとうさんだったらなって思うよ」

ミオンはさっと振り返ると、駅まえの横断歩道を歩きだした。おれは衝撃で固まっていた。おじさん？　おとうさんみたい？　おれの現役引退は近い。


その日の夜だった。

店を閉める直前の午後十一時、うちの店のまえに怪人が立っていた。黒いチェスターフィールドコートにツイードのパンツ。襟元《えりもと》にはカラフルなチェックのスカーフを巻いている。あとは頬ひげと黒縁のウェリントンも忘れずに。

「真島誠さんはいるかな」

フルネームを呼ばれるのは久しぶり。気温は二度くらい、こたえる息が白い。

「おれだけど、あんたが教授？」

とてもGボーイには見えなかった。三十代後半から四十代の初め。落ち着いたもの悲しい雰囲気。

「安藤くんから、いわれてきた。時間をとってもらえるかな」

「今すぐに？」

教授は重々しくうなずいた。明日の授業の準備があるのかもしれない。おれは二階にいるおふくろに声をかけた。店じまいはあとでする。ちょっとでかけてくる。階段のうえから雷が落ちる。

「なにやってるんだ。まともな人間ならもうおねんねの時間だよ」

おれも叫び返した。

「タカシから頼まれた仕事だ」

これにはおふくろも折れた。タカシの仕事がいつもこの街のためになることを、敵もわかっている。まあ、「この街のためになる」というのが法律的にただしいかは別問題だけどな。

「わかったよ。店はあたしが閉めとく。あんまり遅くなるんじゃないよ」

おれはニットキャップとマフラーと手袋をつけて、教授といっしょに果物屋を離れた。夜の街にでる解放感。なにかが始まるこの感じ。やっぱり店番だけでは退屈で生きていけないよな。


教授は大股でずんずんと歩いていく。駅のほうにむかっているようだ。正面をむいたままいった。

「マコトくんは脱法ドラッグについて、どれくらい理解しているのかな」

「ほとんどわかんない」

何年かまえにスネークバイトという新型のドラッグにかかわったことがあった。あっちは完全な麻薬。堂々と店を開いて売っているわけではない。オールドスクールだ。さしておもしろくもなさそうに教授がいった。

「脱法ドラッグはハーブ、芳香剤、ビデオクリーナーなど人体に直接摂取しない製品として輸入され、ヘッドショップと呼ばれる販売店か、ネットショップで販売されている。もっとも有名でポピュラーなのが、脱法ハーブだ」

教授がコートのポケットから手を抜くと、銀のパケットがあらわれた。エクストリームと虹色の英文ロゴがはいっている。

「このワンパックに一から三グラムの乾燥植物片がはいっていて、価格は三千円から五千円だ。植物片には合成カンナビノイドがスプレイされている。脱法ハーブが初めてヨーロッパで生まれたのが二〇〇四年ごろ、ブランド名は『スパイス』。街角で容易に手にはいるのに大麻そっくりの効果があるというので、口コミで大人気になった」

目のまえで酔っ払ったガキの集団がぐちゃぐちゃとうごめいていた。誰かが叫んでいる。おれは天下をとってやる。絶対天下をとるぞ。まったくガキの天下はちいさくていいよな。教授の脱法ハーブ講座は続いていた。

「生まれた当初からパッケージには、これはお香で、人が摂取するものではないと表記されていた。実際にはマリファナのように紙に巻いたり、パイプに詰めて喫煙するものだったんだがね。これが数年でヨーロッパから、東欧、ロシア、南北アメリカ、日本へと爆発的に広がっていった。販売店はヘッドショップ、スマートショップと呼ばれている」

なるほど。簡潔で、よくわかる。ノートにでも書いておきたいくらいだ。

「合成カンナビなんとかっていうのが、麻薬なんだよな」

教授はちらりとおれのほうを見た。記憶力がどれくらいか確かめているのかもしれない。おれの試験の成績は最底辺だ。

「つぎの話は別に覚える必要はない。二十世紀の合成麻薬の歴史だからな。軽くきき流してください。まず大麻、マリファナの有効成分はデルタ9―テトラヒドロカンナビノール。略してTHCだ。人の脳のなかにも同じ成分の物質がある。その受容体にTHCが作用して、感覚や思考の回路が乱されることになる。いわゆるハイというやつだ」

ちんぷんかんぷん。おれの耳からさらさらと言葉が漏れていく。

「化学者は六〇年代にTHCの化学合成に成功した。クラシカル・カンナビノイドだ。ヘブライ大学のHU―210やナビロンなどだな。それから三十年後、アメリカのホフマン博士がつぎつぎと新しいカンナビノイドを合成した。自分の名前にちなんでJWHシリーズと命名した。最初の脱法ハーブに使用されていたのは、JWH―018だ」

「あのさ、全部合成麻薬なんだろ、なら全部法律で禁止にしちゃえばいいんじゃないのか」

頭の悪いガキを見るように、教授はおれのほうをむいて苦笑した。

「法律で禁止するには、その違法物質を確定しなければならない。それがまず困難だ。業者は乾燥植物片に大量のビタミンEや脂肪酸、各種香料などをマスキング剤として添加する。ガスクロマトグラフィで化学分析をおこなうのだが、データ照合に緻密な作業が必要で、このパッケージひとつを分析するのに数週間から数カ月はかかる。永遠のいたちごっこだ」

「テレビドラマの科学捜査班みたいにはいかないのか。検査の機械にいれて、ボタンひとつでポンッとか」

教授が皮肉に笑った。

「あれは映像のなかだけ。実際には不可能だ。さらに悪いことに、合成カンナビノイドは細部の構造をつくり替えたアナログ・類似物質の開発が容易だ。二〇一一年だけで四十九種類の新型が確認されている」

週にひとつの新型麻薬！　それではとてもおいつかない。週に一度イチゴの新種がやってきたら、うちの果物屋だってすぐにパンクする。

「行政のほうでもアナログ規制や骨格規制など合成カンナビノイドには包括的な規制を検討している段階だ」

「そのあいだにも、似たような薬がマーケットに出現する？」

「そのとおり。しかも人の脳内にあるカンナビノイドの数十倍も強い結合力をもった新型が一度に大量に使用者の神経系に混入する」

ぞっとした。思想でも、政治信条でも、合成麻薬でもいい。純粋なものほど、よく効いて人に危険なのはまちがいない。

「教授、脱法ハーブにはどんな症状があるんだ？」

流れるように教授がこたえた。

「痙攣《けいれん》、頻脈、呼吸困難、血圧低下など急性の重篤な症状。死亡例も報告されている。また脱法ハーブ使用後、精神病を発症して入院治療を受けたケースも複数ある。いずれの場合も既往症がないため、合成大麻が心の病《やまい》の引き金をひいたと見るべきだろう。救急等への急性中毒の問いあわせのうち、八割以上が十代・二十代からのものだ」

脱法ハーブにはまっているやつらの、ほとんどがガキである。それが衝撃だった。新しいクールですこし危険なファッションとして、合成麻薬を脳内に吸いこんでみる。自分の脳にも、将来にもう魅力など感じないのかもしれない。三千円で数時間のハイな気分を買って、あとはどうなってもかまわない。世界中にそんなゾンビのようなガキがあふれている。今やハリウッドでは吸血鬼とゾンビ映画が花盛りだが、あれはリアルに世界を反映しているだけなのかもしれない。

教授が足をとめていった。

「合成麻薬の有毒性判定の参考に、細胞毒性を計るスクリーニングをおこなう。培養した脳細胞に薬剤の溶液を加えるんだ」

教授はしばらく黙りこんだ。おれは耐えられなくなって質問した。

「するとどうなるんだ」

「アポトーシスが起きる。脳細胞が自死していくのだ。さあ、目的地についた」

おれは正面に建つ薄っぺらなビルを見あげた。北口スモークタワーからは、ボブ・マーリーが大音量で流れている。ノー・ウーマン、ノー・クライ。

緑と黄と赤。おれたちはラスタカラーの三原色のネオンが輝く入口にむかった。教授がいった。

「マコトくんはヘッドショップは初めてかな」

うなずく。おれの常用してる脳内物質は、スリルとサスペンスがある小説くらいのもの。

「普通にしていればいい。きみは誰が見ても生活安全課の覆面警官には見えないからな」

そのとおりだった。ガキの世界にカメレオンのように溶けこめるのは、おれのいいところ。

「あんただって、ぜんぜん堅気には見えないよ」

教授がにやりと笑った。

「まったくだ。こういうところには、ここ最近顔をだしていないんだがな」

ステッカーだらけの重い木の扉を引いて、おれは店内にはいった。ウナギの寝床のような奥行の深い店は、一見普通のCDショップだった。音楽は三種類。レゲエとテクノ・トランス系のダンスミュージック、それに七〇年代のサイケデリックロックだ。壁のポスターもみなその手のバンドやDJばかり。おれが普段あまりきくことのない音楽だった。グレン・グールドがなつかしい。

「音楽のテイストはぜんぜん変わらないね」

ちらりと一瞥《いちべつ》すると、奥の薄暗い階段にむかった。エレベーターもあるのだが、故障中の貼紙がされて、手前にチェーンがさがっていた。二階はファッションフロアだった。Tシャツやキャップ、それにエスニック風の衣装の店だ。レジにいるのは長髪を青いビーズのヘッドバンドでまとめたひげ面《づら》の男。トレーナーの胸にはマリファナのプリント。

「このビルはうえにいくほど、濃くなるんだ」

ここもさっさと通過して、三階へ。今度はバカでかい水パイプがおいてある。ガラスケースのなかにはパイプがずらり。高価なものも、そうではないものもあった。香炉《こうろ》はインド製のようで、真鍮《しんちゅう》にさまざまな模様がカラフルに刻まれている。喫煙道具のフロア。スモークタワーとはよく名づけたものだ。さして興味のなさそうに、教授がいった。

「いこう。ここは十分だ」

おれにはめずらしいものばかり。ブライヤやカエデや海泡石《かいほうせき》のパイプをもっと見てみたかった。

ノンスモーカーなんだけどな。なぜかパイプの形って男心をくすぐるよな。四階はグリーンショップ。いろいろな園芸用品を売っている。スコップに鋤《すき》や鍬《くわ》、あとは肥料。もちろん都会の農民むけなので海外ブランドの園芸ファッションやエプロンなんかもどっさり。ここでめずらしく教授が円筒形の水槽のような道具に注目していた。なににつかうのか、おれにはさっぱり。高さは一メートル、直径は五十センチくらいで、よく見ると六角形だった。

「これ、なんにつかうの」

「これはフォトトロンといって、水耕栽培用のキットだ。宇宙ステーション内での野菜の栽培用にNASAが開発したといわれている。噂《うわさ》だがね。太陽光の波長に近いバイアックスランプが六灯ついている。温度と湿度を一定に保ち、水と液体肥料を自動的にフィードする。これが一台あれば、個人なら十分だな」

なにをいっているのか、おれにはぜんぜんわからなかった。

「こんなものを買って、どうするんだ」

展示品のセールで、一台九万八千円だった。野菜ならスーパーで買うほうがずっと安あがり。

「大麻草を育てるんだよ。この機械で一年に三回収穫できる」

びっくり。こいつは自家農園というか、自家大麻園なのだ。

「だけど、種はどこで買うんだ」

教授はにこりと笑った。

「大麻草の種の売買は違法じゃない。この店でも売っているよ。ネットでは買わないほうがいい。売買の痕跡が残るからね。海外もののほうが安いんだが」

あきれた。この教授はただの研究者というより筋金いりのジャンキーみたいだ。

「お客さん、くわしいですね。どうですか、これ一台。今なら二割引きにして、ハイブリッドのいい種つけますよ」

店員が声をかけてきた。ラスタカラーのニットキャップに、胸まで伸びるヤギひげ。教授が憂《ゆう》鬱《うつ》そうにいった。

「フォトトロンなら二台もっている。これよりふた昔まえのモデルだがね」

「そうすか、じゃあ種いりませんか」

商売熱心な大麻売りだった。教授はさっさと階段にむかってしまう。おれはヤギひげにいった。

「また今度な。こんなビルができてたなんて、池袋も広いな」

おれも階段にむかう。まいどあり、のんきな店員の声が背中にあたった。


四階から最上階にあがる階段の壁は銀の鱗《うろこ》まみれだった。脱法ハーブのパッケージがむちゃくちゃに貼りつけてある。なんだか荒廃した宇宙船の内部みたい。うえからガキがひとりおりてくる。真冬なのにインド綿の薄手のシャツ一枚。なぜか甘ったるい臭いがする。教授はやつを見ると、さっと目をそらした。やつのはだけた胸には汗の玉が浮いている。階段をおりていってしまうと、教授が足をとめて囁《ささや》いた。

「ハーブを決めていたな。なにを吸ったか不安になって、店に舞いもどってきた。自分の部屋でつかうのが怖くて、近くのラブホテルかネットカフェで決めたのだろう」

五階のフロアはカフェみたいな造り。片方の壁際にはカウンターとスツール、もう片方はＣＤショップのような細かな棚に脱法ハーブが面で展示販売されていた。新商品の紹介コーナーや売上のトップ10もある。店内は明るく、アコースティックギターのメロディとも呼べないようなメロディが淡く流れている。これでは脱法ドラッグの販売店というより、しゃれたアロマショップという雰囲気。女の子がひとりできても、気軽に買えるだろう。

おれは素人《しろうと》まるだしであたりを見まわしていたが、教授は慣れたものだった。奥のカウンターにむかっていく。レジの男はロングカーディガンに長髪。ヘッドショップよりマニアックな古本屋が似あいそうなやつ。教授はレジわきのパッケージをつまむといった。

「インパルスのⅢがあるんだ」

店の男はここでもフレンドリーだった。気味わるいくらいにこにこ笑っていう。

「さすがによくわかってる。先月入荷したばかりだよ。それは効き目がスペシャルだ」

教授がパッケージを振るとさわさわと砂が鳴るような音がした。

「安いんだな」

その脱法ハーブはほかのものよりすこし高価なひとパッケージ六千円。

「ああ、ほかのショップなら七千円はする。出まわり始めたころ、渋谷の店じゃ一万を超えていた。お買い得だよ」

「ひとつもらおう」

教授は財布を抜いて、支払いをすませる。レジの男はおれのほうを見ていった。

「お連れさんも、なにかひとついらないか。ここならなんでもそろうよ」

なんだか自分の部屋に銀の小袋をもって帰る気になれなかった。

「今日はつきそいだ。見学だけにする」

握手でも求められそうなくらいの笑顔で、男がいった。

「気がむいたら、いつでもきなよ」

レジのわきの壁には、手書きのポスターが貼ってあった。当店で販売しているお香は吸飲用ではありません。決して吸わないでください。喫煙はあなたの身体に有害です。

冗談なのか、皮肉なのかわからなかった。


おれたちはそのあと、最上階にもう十五分ほどいた。万引き防止用の監視カメラがレジから遠いほうの天井に一台設置されている。そのあいだにカップルがひと組、男連れがふた組、単独の男性客が三人きて、それぞれ銀のパッケージを買っていった。レジの男はどうやら店主らしく、脱法ハーブ選びのアドバイスをしてやっていた。ほとんどの製品を自分でも試しているらしく、懇切丁寧だ。

「そろそろいこうか」

おれが声をかけると、教授がうなずいた。

「そうだな、マコトくんもだいたいの感じはつかめただろう」

感じなどまったくつかめていなかった。おれとは無縁の店。

「ああ」

教授は階段をおりていく。おれの頭のなかには素朴な疑問が渦巻いていた。池袋駅北口の路上にもどって、最初に質問したのはそいつだった。

空には半円の月が浮かんでいた。半分は輝くように白く、残りは夜空の闇に溶けて見えない。格差がますます広がるこの街のような月だった。

「なあ、どうして麻薬を堂々と売っているのに、警察も手をだせないんだ」

教授は興味なさげにいう。

「ITと同じだ。あまりに新しくて、法律が追いつかない。脱法ハーブというのは麻薬じゃない麻薬で、これまでの法律のカテゴリーにないんだ。法律にない犯罪は裁けない」

教授はポケットから手を抜いた。さっき買ったパッケージが月の明かりを受けてきらめく。

「インパルスⅢはこの夏ヨーロッパで十二人の死者を生んだ。店長のいうとおり効き目は抜群だが、バッドトリップすると強烈な被害妄想をともなう。みなビルの屋上から飛び降りたり、トラックの目前に倒れこんだりしたらしい。なかには殺されるのが怖くて、クラブの便器に顔をつっこみ溺死した者もいた」

背筋が寒くなる。理由のない恐怖に襲われて、自分から死を選ぶのだ。

「だけど、誰もがそうなるわけじゃないよな。そうでなきゃ、そんなハーブが大ヒットするはずがない」

まああの解答をだした生徒にそうするように、教授が渋い顔でうなずいた。

「結局のところ、実際に使用するまでは誰にもどんな症状がでるかわからないんだ。ある者は不安も心配も完全に消えさった天国にいき、ある者はガラス窓を突き破ってマンションから飛び降りる。数千円で試せるロシアンルーレットだな。賭けるのは自分の脳神経系と命だ」

おれはちいさなパッケージが急に恐ろしくなった。人間の脳はでたらめに複雑でデリケートな機械だ。そこに面白半分で劇薬を垂らす豊かな国の若者たち。

「あんた、そいつをどうするんだ」

教授は手のなかの袋をじっと見つめた。

「友人の研究者にわたす。わたしはもういっさいドラッグはやめたんだ。このハーブには数種類の合成カンナビノイドが適当にちゃんぽんで添加されているらしい。まともなジャンキーなら手をだすようなものではない。わたしの一回目のレッスンはこんなものでいいかな」

このいかれた世界にまともなジャンキーは何人いるのだろう。脱法ハーブの歴史を教わり、実際のヘッドショップを見学できた。ひと晩なら十分というところ。

「急な話なのに、時間をつくってくれて、ありがとう」

「マコトくんは安藤くんにどんな依頼を受けているんだ」

Gボーイズの顧問が質問した。この男とタカシの関係も謎だ。

「スモークタワーを潰せとかって感じ。でも、あの店は灰色だけど違法ではないし、警察も手はだせないんだよな」

「そうだ。彼らはハーブを売るだけ。しかも吸うなと客に注意もしている。客が勝手に商品を悪用したんだ。形式的にはね」

腕時計を見た。もう深夜一時近く。おれはつぎの日も店番がある。

「また時間をつくって話をきかせてくれないか」

「わかった」

おれたちは路上で電話番号とアドレスを交換して別れた。おれは月を見ながら家に帰った。グレイゾーンぎりぎりでも、合法的なショップをどうやったら潰せるのか。うちの果物屋なら二週間も客がこなければかんたんに干あがるだろう。スモークタワーは関東近県から指名客が集まる脱法ハーブの名店だ。まったく方法など浮かばない。その夜は空にかかった巨大な銀のパッケージに追いかけられる夢を見た。

脱法ハーブを決めてたガキみたいに汗だくで目を覚ます。不快不愉快。


冬の底の一週間などすぐにたってしまう。おれはなにも打つ手が見つからないまま、だらだらと店番をしていた。タカシからはたまに電話がはいるくらい。やつがかかえる案件はたくさんあるので、スモークタワーは緊急課題ではないのだろう。おれはあれこれと調べたので、脱法ハーブについてはかなり詳しくなった。数年まえの調査では東京の繁華街に百店近いヘッドショップがあったという。その数はすこし減ったけれど、まだまだ健在。池袋にもスモークタワーほどじゃないけれど、ちいさな店があと三軒ほどある。

ミオンは二日に一度はうちの店に顔をだすようになった。学校が終わって、施設の夕食の時間まで、店先でだらだらと過ごすのだ。入院中のばあとうちのおふくろが重なるのか、やけによくなついている。

教授とは連絡をとりあい、何度か話をした。はっきりとはいわないのだが、どこかのラボで非正規の研究者として働いているらしかった。年齢もわかった。四十一歳。やたらとドラッグに詳しいファンキーな中年だ。慣れてみると意外なほどユーモアもある。いつも淋しげな雰囲気が気になるが、家族もいないらしいから、そいつはしかたない。今じゃ東京には中年の独身男なんて、山のようにいるからな。


その日は曇り空で、やたらと寒い一日だった。北海道では零下三十度を記録したという。東京でも気温はぎりぎり二度くらいで、西一番街でも日陰には氷が残っていた。吸い殻とJRの切符が閉じこめられた道端の氷って、意外ときれいだよな。部屋に飾っておきたいくらい。

おふくろの雑煮をくった午後一、タカシから電話があった。

「きいたか?」

まえおきや挨拶が嫌いな王さま。タカシはせっかちすぎる。

「きいてない。なんだよ、ちゃんと目的語をいえよ」

流れるようにタカシがいった。公共放送のアナウンサーみたいだ。

「池袋駅東口のカラオケ店の非常階段から、若いカップルが飛び降りた。男は頭を強く打って重体、女は両足と骨盤を骨折した。ふたりはスモークタワーで、新型の脱法ハーブを購入して、カラオケのブースで吸飲したそうだ」

インパルスⅢ。教授の手のなかにあったパッケージを思いだす。

「それなら見たことある。ひと袋六千円のロシアンルーレットだ」

「マコト、なにいってるんだ？　そんなことより、スモークタワーを倒すほうはどうなってる？　進展はないのか」

なにもできていないときの催促は最悪の気分。

「今、動いてるさ。だけど、むこうはいちおう合法な店だ。かんたんには手をだせない」

タカシの声は道端の氷のように冷たい。

「おれらは別に非合法でもかまわない。覆面をつけたメンバーに、店のオーナーを襲わせるというのはどうだ。芝居のうまいやつなら、シマを荒らされたヤクザの振りくらいできるだろう」

粗暴だが、単純明快で悪くないアイディア。だが、おれの好みじゃない。

「最悪の場合は、それでいいよ。だけど、もうすこし時間をくれないか」

「わかった。おまえがそういうなら、待とう。ただし、あと一週間。飛び降りはもう見たくないからな」

ありがとうといって、電話を切った。すぐに別な番号を選ぶ。池袋署生活安全課・吉岡。ただしおれの携帯ではハゲ吉だけどな。江戸前のいい天麩羅屋《てんぷらや》みたいで悪くないだろ。

「おう、マコトか。なんの用だ」

タカシもそうだが、池袋の人間には心のゆとりってものがなくて困る。

「毎日寒いな、風邪とか引いてないか」

「うるさい。世間話なら、こっちはいそがしいから切るぞ」

しかたない。おれは単刀直入にいった。

「スモークタワーの話をききたい」

短いけれど、深いため息。吉岡の声が低くなった。

「これからそこにいくとこだ」

「飛び降りで被害者がでたからか」

「おまえも耳が速いな。まだテレビのニュースにもなってないんだが。お得意のガキのネットワークってやつか」

確かに地元のニュースならテレビよりもネットよりも街の噂のほうが速い。人の口は怖いよな。

「生活安全課が動くのか。じゃあ、あの店も終わりだな」

「そううまく運ぶか。のらりくらりと逃げられておしまいだ。こっちには強制力がないんだ。せいぜい今回の被害者がつかっていた新型ハーブを店頭から引っこめさせて手打ちだろう」

あきれてしまう。駐車違反や風営法違反では、ずいぶんと下々《しもじも》に厳しい癖に、脱法ハーブ店には甘いのだ。

「じゃあ、あんたたちはちょっと指導しておしまいなんだ。打つ手はないのか」

うなるように吉岡がいった。

「ないな。腹が立つ」

「そうか、じゃあなにか証拠があれば、よろこんで池袋署も動くんだな。スモークタワーをこの街からなくしたい」

「あたりまえだ。脱法ドラッグっていうのは、立派なヤクだぞ。合成カンナビノイドといってな、人工的につくった……」

「ああ、わかってるよ。元はこの二十年ばかりのあいだに開発された医薬品なんだろ。研究室でいくらでも似たようなやつがつくれる。だけど、そいつじゃスモークタワーは倒せない」

「そうだ。おまえ、なにかいい情報はないか。あのビル内でシャブのバイがあるとか」

ドラッグにもカルチャーがある。覚醒剤はスモークタワーに集まる人種には人気のないドラッグだった。

「話はきいてみるけど、期待しないでくれ」

頭の古い刑事と古いタイプのドラッグ。そのとき連想ゲームみたいに、いいアイディアが浮かんだ。新しいのがダメなら、古いのをつかえばいい。それならいろいろと取り締まる法律がある。スモークタワーだって足元から崩れるだろう。

だけど、どうやって?

おれは薬関係は、どうも苦手。


その日の夕方、ミオンが店にやってきた。

おふくろはあの子がくるのを待っていて、売れ残りのパイナップルやバナナを手さげに詰めていた。熟女ブームは疑問だが、フルーツは確かに外見がくたびれてきたくらいが熟してうまいものだ。ぴかぴかの果物など、青くてぜんぜん甘くない。

「ちゃんと学校いってるか」

ミオンはまたも男の子のような格好をしている。おふくろを手伝って、サンふじを積んでいる姿などは、うちに弟でもできたみたいだった。

「おもしろくないけど、ちゃんといってるよ」

「ミオンはスカートとかはかないの」

おふくろがおれをにらんだ。巨神兵なみの殺人光線が果物屋をなぎ払う。

「小学校高学年っていうのは微妙なんだよ。どっかのアイドルみたいなブランド子ども服よりずっとましじゃないか」

そのとおりだった。あんな露出の多い子ども服にはおれも反対。ミオンはおれの質問を無視していった。

「ねえ、スモークタワーはまだどうにかなんないの」

敵は同じ商店街の一角だ。そうそうどうにかなるものじゃない。苦しまぎれにいった。

「今、考え中」

なんだか子どもの謎々の返事みたいだ。そのとき、店先の歩道に教授があらわれた。この男は足音とか気配とかを感じさせない忍者みたいなやつだった。存在感が薄いのかもしれない。ミオンがおふくろをまねて、おおきな声をだした。

「いらっしゃいませ」

なぜかミオンのひと声が、教授にはおふくろの光線よりも効いたようだった。動きが角々してロボットみたいになる。教授はミオンとは決して目をあわせようとしなかった。

「その人はだいじょうぶだ。お客じゃなくて、おれのしりあい」

教授の声はアリのおしゃべりなみにちいさかった。

「彼女はきみの妹さんなのかな」

おれはミオンに目をやった。同じなのはツーサイズおおきなジーンズくらいで、顔はぜんぜん違う。

「いいや。あの子はちょっと事情があって、うちの手伝いをしてるんだ」

教授はやけにミオンのことが気になるようだった。目をあわせようとしないのに、全身の神経がミオンのほうをむいているのがわかる。

「ちょっと作戦会議にいってくる。あとは頼んだ」

おふくろの声はやわらかい。

「どこにでもいってきな。うちにはミオンちゃんがいるから、マコトはもういいよ」

やっぱり女親にとって、女の子というのは特別なのかもしれない。

なにを考えているのかわからない成人男性の子どもというのは、おれだって想像しただけでぞっとする。


タカシと話をしたロマンス通りの純喫茶で、おれたちはむかいあった。脱法ハーブでも、スモークタワーでもなく、教授が話をききたがったのはミオンのこと。おれはミオンの祖母がハーブを吸ったガキにひき殺されそうになった事故を教えてやった。そのせいで今は施設で暮らしていることも。

教授の顔色が変わった。腕を組んで考えこんでいる。もしかしたら、すごいロリコンなのかもしれない。

「あんた、だいじょうぶか」

ぼんやりしていた目に焦点がもどってくる。

「罪滅ぼしだな」

「えっ」

わけがわからない。教授は腕組みを解くと、身を乗りだしてきた。

「わたしは安藤くんに脱法ハーブについてきみにレクチャーしてやってくれとだけいわれていた。ドラッグの世界は初心者にはわかりづらいし、独特のカルチャーがある。頼まれた仕事以外ではスモークタワーにコミットしないようにしようと決めていた」

「そうか。でも、教授の話はすごく参考になったよ」

「ありがとう。でも、もう中立的な立場はやめることにする」

やっぱり意味がわからない。おれは自分より頭のいいやつのいうことが、ほとんど理解できないのかもしれない。恐ろしいことだ。世界の三分の二は理解不能になる。

「どういうこと?」

「ミオンのような子をこれ以上増やさないために、スモークタワーを潰す手助けをしよう」

うれしい味方だが、半信半疑でおれはいった。

「じゃあさ、脱法ハーブが無理なら、なんとか昔のドラッグでやつらをはめられないかな」

生まれたばかりの新しいアイディアだった。合成麻薬も、アイディアも尽きることはない。教授が顔を崩して笑った。どうやら大正解。

「わたしもそれがいいと思う。最上階の店長があのビル全体のトップだ。DMオオコシという名でドラッグ関係の本もだしている。その世界ではちょっとした有名人だ。DMはドラッグマスターの頭文字だ」

おれは長いことコラムを書いているが、まだ出版のオファーなど影も形もなかった。腹が立つ。積極的になった教授はやけに早口だった。言葉をはさむ間さえつくらずにいう。

「あの男自身もかなりのヘビーユーザーだろう。ということは、どういうことかわかるかな」

「わかんない」

教授にはずっとわからないとばかりいっている気がした。気にもとめずにやつはいう。

「自分の店で売っているような、粗悪品はつかわないということだ。健康を守りながら、なるべく長くドラッグをたのしみたいからな。どこかから質のいいものを手にいれているのは間違いない。張っていれば、必ず売人に会うはずだ」

なるほど、どこの国でつくられたかもわからない、主成分がなにかもわからないロシアンルーレットを好んでつかうはずがなかった。オオコシは店にくるガキと違って、金ならもっている。

「そうと決まれば、話はカンタンだ。張りこみと尾行なら、セミプロのやつらが池袋にはいる」

今度、不思議そうな顔をするのは教授のほうだった。今回はキングの許しを得ているので、Gボーイズの精鋭も無料でつかい放題だ。無敵のカードを切る順番がようやくまわってきた。おれは純喫茶からでると、すぐにタカシに電話した。

メルセデスのＲＶは線路をわたる陸橋の手前で停車した。そこからならスモークガラス越しに、スモークタワーがよく見える。後部座席にはおれとタカシ。運転席と助手席にはタカシの腹心が無言で座っている。かなり重量感のある沈黙。おれの説明をきいたタカシがいった。

「オオコシという店長を徹底的に尾行して、どんな売人とどこで薬の受けわたしをするか確認すればいいんだな」

「そうだ」

「とりあえず今夜から始めてみるか」

タカシが助手席に声をかけた。

「スプーン、今日はだいじょうぶだったな。このクルマをつかっていい。オオコシを張れ」

振りむいたＧボーイのあごはスプーンのようにしゃくれていた。ストリートネームのつけかたなんて単純なもの。

「おれもいっしょにクルマで張りこみしてもいいかな」

スプーンはめんどくさそうな顔をした。おれはタカシが信頼する友人だが、メンバーではない。チーム内の鉄の規律にも従わない存在だ。

「ああ、かまわない。明日、報告しろ」

あたたかなメルセデスの革張りの後部座席で張りこみをする。もしかしたら、おれの四畳半よりも快適かもしれない。

その日は早あがりだったのだろうか。オオコシがスモークタワーをでたのは、午後七時すこしまえだった。閉店は通常深夜一時で、教授とおれが真夜中に顔をだしたときにも、やつは自分で店番をしていた。百メートルばかり離れたところにある駐車場で旧型のＶＷビートルに乗りこんだ。青いビートルは立教通りから山手通りを抜けて、中野区にはいった。二十分ほどで江古田《えごた》に到着する。尾行などされているとは想像もしていないようだった。もっともこちらは、クルマが二台にバイク二台でやつを追っている。オオコシが慎重になっていても、容易に撒《ま》かれる心配はなかった。

不思議だったのは、ビートルが停車したのが、恐ろしく古ぼけたアパートのまえだったこと。トイレと風呂は共用で、六畳一間の家賃が今どき二万以下といった感じだ。オオコシは手慣れた様子で、共用の玄関で靴を脱いだ。二階にあがっていく。どの部屋の明かりもつかなかった。遮光カーテンでも閉めているらしい。やつがおんぼろのアパートにいたのは、十五分ほどだった。

オオコシは玄関をでるとビートルにもどった。今度のドライブはほんの数分だ。江古田駅の反対側にある高級そうなデザイナーズマンションの地下駐車場にビートルは吸いこまれた。おれはそのまま深夜十二時までオオコシを張った。

終電の時間になったので、メルセデスをおりて江古田駅にむかう。Ｇボーイズは徹夜で張りこみだ。ご苦労さま。やつはその夜、マンションからでることはなかったという。

つぎの一週間が流れた。一月も後半になって、寒さはいよいよ本格化。暑いのは好きだが、寒さが苦手なおれには一年で一番嫌いな季節だ。初日だけ張りこみを手伝ったが、あとは完全にGボーイズにまかせてしまった。おれには果物屋の仕事がある。

おれはアマゾンで、DMオオコシの本を注文してみた。尾行中の相手が書いた本を読むなんて初めて。やつの著作はひと言でいえば、大麻解禁賛成本。大麻はハッピーなソフトドラッグで、タバコよりも健康被害がすくない。一部の国や地域では合法で、堂々と街角で売られている。禁断症状もほとんどなく、現代に生きる人間のストレスを解消してくれる、母なる自然からの贈りものだ。うっかり読んでいると、おれも賛同しそうになった。だから、本って危険だよな。


教授とおれ、タカシとスプーンの四人で会合をもったのは、池袋西口のカラオケ店のVIPルームだった。テーブルの中央にはスプーンが持参したノートパソコンがおいてある。目の粗い白黒映像がモニタに呼びだされた。あのアパートの玄関だった。郵便受けがならんでいる。オオコシの横からのシルエット。ナンバー錠をまわす手元が映った。

スプーンがいう。

「あの玄関は狭くて、人が張りこむのは無理だったので、小型のカメラをセットしました。やつは郵便受けのなかに部屋の鍵を隠しているようです」

ナンバー錠は一番下の数字だけ動かしているようだ。郵便受けの扉を開けると鍵をとり、オオコシは二階にあがる階段にむかった。

「部屋番号は２０４号室。おれたちが尾行しているあいだ、あの部屋に三回顔をだしています。いずれも滞在時間は短くて十五分から二十分ほど。なんのための部屋なのかは、まだはっきりわかりません」

となりの部屋で誰かが、ゴーイング・アンダー・グラウンドを歌っていた。おれはいった。

「ドラッグの隠し部屋かな」

自宅に隠しもっていたら、がさいれのときにいい逃れができない。部屋の鍵を郵便受けに隠しておけば、まず隠し部屋の存在をしられることはないだろう。教授が口を開いた。

「そうとも考えられる。だが、それなら一週間に三度も足を運ぶだろうか。オオコシからは甘い臭いがした。間違いなく大麻の常習者だろう。ならば、もうひとつの可能性が考えられる」

ほんものの大学教授のような話しかただ。といっても、おれは大学にいってないけど。

「そいつはなんなんだ」

じれったくなって質問した。先生に話しかける口調じゃないけど、おれはほかの日本語をしらない。教授はおれを見てうなずいた。

「ホームグロウ」

タカシがいった。

「わからない」

おれは教授の代わりにこたえてやった。オオコシの本にも書いてあったし、そのための道具はスモークタワーで目撃している。

「大麻の自家栽培だよ。売人から買うのは毎回パクられる危険がある。自分で育てれば、その危険は減らせるし、好きな葉っぱの種を選べる」

タカシを包む空気が冷えこんだ。おもしろがっているのだろう。

「なるほど。スプーン、今オオコシはどうしている？」

「店にでています」

「そうか、ならこれからやつの菜園を見学にいこう」

悪くない考えだった。おれたちはすぐにＶＩＰルームをでた。メルセデスは通りにとめてある。


二十分後、江古田のアパートに到着した。第二平和荘という看板が柱の横についていた。きっとどこかに第一もあるのだろう。おれはやつの郵便受けにさがるナンバー錠を確認した。うえから３・８・６。三列目の６を覚えておいて、１から順番に試していく。タカシも教授も平気な顔をしていた。スプーンは玄関の外で、人がこないか見張っている。４で鍵が開いた。ナンバー錠をはずして、郵便受けのなかを探った。チラシのしたに埋もれた青い封筒が見つかった。なかから鍵がでてきた。

「あったぞ」

タカシがいった。

「遅い。日が暮れるかと思った」

冗談をいい返すのが面倒なので、おれは鍵をもって靴を脱いだ。

２０４号室は北側の角部屋だった。おれはいちおうドアに髪の毛やメンディングテープが張っていないか確かめた。さすがにオオコシもそこまでは気をつかっていないようだ。すくなくともおれは気がつかなかった。

固い手ごたえの鍵をひねって、ドアノブを引いた。はいって右手がすぐに台所だった。六畳の部屋の中央には座卓がひとつ。あとはなにもない部屋だ。窓には黒い紙が貼られて完璧に目張りされている。

「なにもないみたいだ」

おれがそういうと、教授は無言で押しいれの戸を引いた。青白い蛍光灯の明かりがまぶしく漏れてくる。生ぬるい空気が足元を流れた。押しいれの上段には三台のフォトトロンがおかれていた。大麻はすでに四十センチほど背を伸ばしている。

「おもしろい機械だな。エイリアンでも育てられそうだ」

タカシの声は冷えびえとなにもないアパートの一室に響いた。教授がいった。

「乾燥させた大麻もどこかにあるはずだ」

おれは台所にもどり単身者用の小型冷蔵庫を開いた。この部屋でオオコシが飯をくうはずがない。

「あった。この部屋は大麻の保管所で、おまけに菜園だったんだな」

冷蔵庫のなかはジップロックの山。袋のなかには乾燥させた大麻草がたっぷりと詰まっている。

タカシが肩越しにのぞきこんでいった。

「売るほどあるな。とんだジャンキーだ」

おれは袋ごといただく方法を考えたが、やめておいた。やつが毎回数をかぞえていたら面倒なことになる。ひと袋から数葉ずつの大麻を抜きだし、ドライフラワーのような束をつくる。タカシがいった。

「そんなものをどうするつもりだ」

おれはキングにウインクしてやった。

「すぐわかる。こんなところは早くでよう。空気が悪いよ」

おれたちはやってきたときと同じように静かに２０４号室を離れた。ほかの部屋にも住人がいるのだろうが、人の気配がまったくしなかった。なんだか幽霊屋敷みたいなアパート。


教授といっしょにおれの部屋にもどり、手袋をして乾燥大麻を袋詰めした。パッケージは教授がもってきた銀のアルミ製。無印だが、脱法ハーブによく似た袋だ。全部で十二の乾燥大麻のパッケージができた。

つぎは手紙を書く番だった。

おれはオオコシとやつの菜園についてパソコンで詳細にまとめた。それは真実。そこで栽培した大麻を、やつがスモークタワーで得意客にだけ売っていると、脚色をつけておく。電話をかければ音声が録音されるし、メールではアドレスが残ってしまう。わざわざネットカフェをつかうのも面倒だった。最近は身分証明書の提示を求められることも多いしな。

あとは問題なかった。告発文をプリントして封筒にいれる。速達分の切手を貼って、池袋署生活安全課の住所を封筒に書いた。こちらは定規をつかって直角の文字で。

おれと教授はそのまま散歩にでかけた。池袋北口のスモークタワーへ。


残念ながら、おれたちのクライマックスにスリルはなかった。

スモークタワーの最上階にいき、ふたりであれこれと脱法ハーブを選んでいる振りをして、棚のあちこちに盗んだ乾燥大麻の小袋をさしていくだけ。棚には無数の銀のパッケージがならんでいるし、自分でも何度かやるうちに、どこにいれたのかわからなくなった。別に適当でかまわないのだ。あのアパートをがさいれすれば、フォトトロンも大麻も見つかるだろう。警察はここにあるすべての脱法ハーブを押収するはずだった。数千はある銀のパッケージから、ほんものの大麻を探すのはたいへんだろうが、それは公務員の仕事である。せいぜいがんばってもらいたい。

季節が真冬でよかった。おれも教授も革手袋をつけたままだが、それで疑われることもない。最後にレジにいき、脱法ハーブを買った。おれが選んだのはジ・エンドというブランド。ロゴのしたには英文で、アロマテラピーとはいっている。ひと袋三千円。

ＤＭオオコシはにこにことハッピーそうで、やけに明るかった。屋上ででも決めてきたのかもしれない。

「やあ、このまえもきてたよね。いよいよハーブデビューかい」

古くからの顔なじみみたいだった。

「そんなところかな。ここの店って、品ぞろえがいいんだな」

オオコシは肩にかかる長髪を手ですくと胸を張った。

「東京中探しても、六本木に一軒とうちだけだ。これだけブランドを集めるのは、たいへんなんだ。気にいったらひいきにしてよ」

階段の近くで教授が待っていた。オオコシがいった。

「あんた、昔どこかのクラブかパーティで会ったことなかったかな。顔を見た気がするんだけど」

教授はかすかに首を横に振った。

「こちらは見覚えがないな。じゃあ、また」

おれは教授といっしょに階段をおりていった。なんだか棚のなかに爆弾でも残してきた気がする。今すぐにでも爆発しそうで、あやうく駆け足になりそうだった。


まっすぐ店に帰るのが嫌で、東口にわたる陸橋のほうへ歩いていった。高さ百メートルもありそうな白い煙突はゴミの焼却場だ。煙はまったくでていなかった。おれはジ・エンドをポケットから抜いて、端を裂いた。乾燥した植物片を陸橋のうえからＪＲの線路にばらまいてやった。ほんの数グラムの葉っぱだ。すぐに北風にまかれて見えなくなった。

西の空では冬の夕日が燃えていた。心に切りつけてくるほどのあざやかさ。

「なんだかおかしなトラブルだったなあ」

教授はなにもいわずにうなずき、欄干《らんかん》にもたれて全身に西日を浴びている。

「おれ、ひとつわからないことがあるんだけど、どうしてミオンに会ってから、急にやる気になったんだ？　あんたはただの相談役だか、顧問だったんじゃないのか」

Ｇボーイズのメンバーにも薬物汚染で困ったやつがいたことだろう。ドラッグというのは一部のガキには鉄の規律をも溶かすような威力がある。

「うちの子があのくらいの年なんだ」

はずかしそうに教授がいった。

「なんだ、あんた結婚してるんだ」

教授は無表情に首を振る。

「してるんじゃなく、していただ。わたしは研究のストレスで大麻にはまってしまった。毎月の給料から大麻の分数万円を抜いて、妻にはわたしていた。週末は横になってマリファナを吸い、ビールをのむ。それだけしかしなかった。六～七年になるかな」

ＤＭオオコシの本を思いだした。大麻はほんとうに健康被害はないのかもしれない。教授は精神的にも肉体的にも無事なようにみえる。

「子育ても家族サービスもいっさいしなかった。妻は耐えられなくなって、離婚を申しでた。無条件で受けるしかなかった。悪いのは、わたしだ」

「子どもって女の子なんだよな」

教授が初めて笑った。冬を耐える堅くてちいさなつぼみのような笑いだった。

「ああ、そうだ。大麻をやめた今では月に一度会わせてもらっている。だがね、会うたびに胸が潰れそうになる」

それは離婚して親権を手放した子どもに会うのは、つらいことだろう。おれには経験はないが、その気もちは想像がつく。だが現実はもう一枚うわてだった。教授は淡々という。

「わたしには赤ん坊のころと、成長した十二歳のあの子の記憶しかないんだ」

教授が震えていた。寒さにではなく、失われた記憶への恐怖だ。

「マリファナには健忘作用がある。つらくて嫌なことを忘れさせてくれる。だが、同時によいことや忘れてはいけないことも失われてしまうんだ。わたしは自分の子が、どんなふうに最初の言葉を話し、どんなふうに歩き、幼稚園や小学校にどう入学したのか、完璧に忘れてしまった。目のまえに子どもがいる。でもこの子がどう成長したのか、まったく覚えていないんだ。記憶は二度ととり返すことはできない。わたしは最低の父親だ」

父親であることのよろこびを、わずかな麻薬成分により消去されてしまった。おれはマリファナ無害説を、誰がなんといっても信じない。人の心にこんな働きをするものが、自然にやさしくオーガニックなドラッグであるはずがない。

「罪滅ぼしっていってたよな、あんた」

教授は自分の心に錨《いかり》でもおろすかのようにうなずいた。

「あの子を見たとき、自分の娘を思いだした。せめてものつぐないに、なにかをしたかった。それでもわたしがダメな父親であることには変わりない。ほんの気休めだ。スモークタワーは倒せるかもしれない。でも似たような店は東京中にいくらでもある。わたしたちは無駄なことに必死になっているだけだ」

陸橋をダンプカーが駆け抜けて、橋全体が揺れた。おれの確信は揺れない。

「そんなことはない。あんたがほんとにダメな父親かどうかは、これからの時間で決まる。記憶を失くしたからといって、それに縛られたらドラッグの思うつぼだろ。あんたと娘の思い出は、これから新しくつくっていけるはずだ。おれはあんたを信じるから、あんたも自分を信じてみろよ。ミオンもミオンのばあも、タカシもこの街のガキも、みんなあんたがしてくれたことに感謝してる。あんたがなにを忘れても、あんたのまわりの人間はあんたがしてくれたことを覚えているさ」

教授の顔がゆがんだ。欄干に顔を押しつけて、肩を震わせている。さすがに研究者だけあって、やつは決して泣き声は漏らさなかった。おれはべたりと夕日に染められて、やさしい闇がおりるまで記憶を失くした父親のそばに立っていた。


DMオオコシ、本名・大越英嗣《えいじ》（38）の逮捕劇は、数日後の社会面に三センチ×四センチほどの記事として掲載された。池袋署生活安全課は江古田のマンションとアパートに早朝同時に踏みこんだ。乾燥大麻三百五十グラムと水耕栽培装置三台を押収。さらにスモークタワーの五階にある全脱法ハーブをもっていったそうだ。こんなことなら四階にあったフォトトロンのなかにも銀の爆弾をひとつ投げこんでおけばよかった。まあ、オオコシが逮捕されて、即座に各フロアの店長は逃走し、一日でスモークタワーは倒壊したんだけどな。

しばらくして、吉岡から電話があった。店開きを終えて、うちのまえの歩道で日向《ひなた》ぼっこをしているとき。東京は真冬でも太陽さえのぼっていればあたたかい。

「マコト、このまえスモークタワーがどうのっていってたよな」

倒れてしまった塔のことなど、もう関心はなかった。

「そうだったっけ。忘れた」

「まだ若いのに健忘症か」

生活安全課の刑事に冗談をいってやる。

「脱法ハーブを吸い過ぎたかもしれない。おれ、あんたのことも忘れそうだ」

吉岡が笑っていた。教授の話をきいていないのに、なぜ健忘症で笑えるのだろうか。中年の刑事がいった。

「おれも告発の手紙については忘れといてやる。成分の分析がでてな、あの店で見つかったパッケージとアパートの乾燥大麻は同じものだったそうだ。どう考えても、オオコシが自分の店に大麻取締法で禁止されているブツを隠しておく理由はないんだがな。まあ、ヤクでらりって、そんなへまをやらかしたのかもしれない」

おれは本心からいった。

「ヤクって怖いな」

「ああ、今度めしでもおごらせてくれ。スモークタワーを潰せたんで、署長賞がもらえそうなんだ。じゃあ、またな」

タカシはこの結果に、おおむね満足そうだった。一月の給料日あたりにうちの店のまえに、メルセデスのRVが停車した。あったかそうな手編みのカウチンカーディガンを着たやつがおりてくる。おれに封筒をさしだした。

「遅くなったが、お年玉だ」

おれは目を丸くした。タカシから報酬をもらうのも、お年玉をもらうのも初めて。

「いいのか、ほんとに」

やつはキラースマイルを浮かべ、さっさとGボーイズの公用車にもどっていく。おれは封筒の中身を確かめた。十万円分の図書カードだった。分厚い。教授とミオンと三人で山分けにしよう。おれがサンキューと叫んだときには、4WDは走り去ったあとだった。王さまは北風とともに消えた。


二月終わり、ミオンのばあは補助具をつけ、杖を使用すれば歩けるようになった。リハビリはたいへんだったらしいが、ばあは歯をくいしばってがんばったという。この街に春がくるくらいのえらく遅いスピードだが、自分の足で好きなところにいけるのだ。その結果、ミオンも施設をでることができた。ふたり暮らしを再開したのである。

ばあとミオンはうちの店のいい客になった。年金で生活しているから、高価なフルーツを買うことはない。だが、ほんとにうまいのはただ値段が高いのじゃなく、旬の時期のよく熟《う》れたフルーツだ。おれは貧しい店番だから、うまい果物ならこの舌でよくしっている。捨てるのはもったいないと、ガキのころから大量にくわされたからな。

おふくろはミオンとばあに、そのとっておきを分けてやり、日が高くなった東京の空のした、あれこれと世間話をする。おれはグールドが無関心に弾くバッハでもかけて、女たちの会話をきいていない振りをする。

なぜか敵は毎回日本の少子化とまだ予定のないおれの結婚についてやかましいのだ。結婚なんて親にいやみをいわれ、あわててするもんじゃないよな。こっちにも旬があるし、相手はじっくりと選びたい。ひとつ五千円のマスクメロンを買うときには、あんただって真剣に尻をさわってみるよな。やわらかくていい匂いがするやつなら、なんでも正解なんだが、当面のあいだおれはひとつのメロンで満足する気はないんだ。

ギャンブラーズ・ゴールド

世界一のギャンブル天国がどこかといえば、察しのいいあんたなら、すぐわかるよな。

正解はもちろん、わがニッポンだ。馬とボートと自転車とバイク。お墨つきの公営ギャンブルが四種類に、とんでもない巨人がもうひとつ。そいつはギャンブルではないギャンブルだ。おかみがお上品に遊技と呼ぶモンスター。最近の不景気で低落気味とはいえ、一年間に二十兆円を超える売上を記録するグレイゾーンの王さまだ。ちなみにトヨタ自動車の売上も、同じく二十兆円くらい。この遊技は日本最大規模の産業のひとつといって間違いない。

あんたの街にも、きっとあるよな。ネオンがやたらにまぶしくて、ひどくタバコ臭くて、やけに威勢のいい音楽（騒音？）をメガホンで垂れ流す遊技の殿堂。朝から常習ギャンブラーが行列をつくるレジャーランドだ。

その名はパチンコ。

今回はギャンブル嫌いのおれにしたらめずらしいパチンコの話。そしてギャンブラーが最後の最後に見つける黄金はどこにあるかという心あたたまるストーリーだ。

おれたちは誰でもおかしな形に空いた穴を抱え生きている。そいつは女や酒の形をしていることもあれば、覚醒剤の白い粉や満員電車の痴漢行為や円ドルＦＸの証拠金になることもある。世のなかはでたらめに広く多彩で、誰かの空いた穴の形にぴたりとはまるいけない刺激が必ず存在するのだ。やつにとって、それは直径十一ミリ重さ五グラムの鉄の玉をはじき、大当たりをだすことだった。デジタルの数字がまわり、役がそろえば一気に失った分をとりもどし、大金が手にはいる。脳にアドレナリンがどくどくあふれ、心臓のなかで血は沸騰し、天下のすべてをとった気分になる。だが、そんな当たりはめったに続かない。マシンのなかには必敗の確率が設定されている。ほとんどの場合、暗闇に吸いこまれていく鉄の玉を絶望的に眺めながら、なけなしの金を溶かしていくことになる。ガラスのむこうに隠れたデジタルの吸血鬼に、ゆっくりと精気を抜かれ、人は薄っぺらになっていくのだ。

おれが出会ったころのやつは、色つきの影みたいに存在感のない男だった。そういう意味では、これは色のない男が（ハルキ・ムラカミの作品じゃないよ）、自分の色をとりもどしていく物語でもある。

座り心地のいい椅子にでも腰かけてきいてくれ。

おれたちひとりひとりの胸に黄金はあり、そいつはどんなギャンブルでも奪うことはできない。まあ、その黄金はグラム五千円で取引されるリアルなゴールドと違って、金には換えられないものだけどな。

おれたちはみな馬鹿だから、金に換えられないものは価値がないと信じてる。ギャンブルがこれほど流行《はや》るのは、きっとそのせいなのだろう。

自分の価値を信じられない人間が、自分の運や才能やセンスをイチかバチかのギャンブルで、なんとかして金に換えようとあがく。勝っても負けても、それでようやく安心できるのだ。

おれたちが生きる世界では、安心したがってるやつほど、いいカモはいない。

777

肌寒い北風が吹く、おかしな春だった。

ソメイヨシノはいつもの年より二週間も早く咲いたのに、そのあとは冬に逆もどり。池袋の街では、押しいれに突っこんだダウンをあわてて引っぱりだして、みな着こんでいる。いつもと同じ春だが、変わったことといえば、おれの携帯電話がスマートフォンになったくらい。まあ、ネットも見られるのは便利だが、やけに端末が高くなったよな。このデフレのご時世に。

三月みたいな肌寒い五月、おれは北口のジャルディーノで休みやすみやる気のないパチンコを打っていた。おれのとなりでは、スーツ姿の池袋の王さま・安藤崇がハンドルに集中している。

「マコト、どうだ。なにか気づいたか」

やつの足元には千両箱がふたつ。おれはといえば、店からもらったカードの数字を無駄に減らしていくだけ。

「いや、なにも」

あたりまえだ。おれにはパチンコ店は、アウェイもいいところ。だいたい流れてる音楽のセンスが悪すぎて、気分が悪くなる。ＡＫなんとかとか、ももいろなんとかとか、エグザなんとかとか。バッハか、モーツァルトでもかけておけばいいのに。

「仕事なんだから、ちゃんと周囲を警戒しておけ」

タカシが偉そうにいうと同時に、大当たりがでた。カラフルな電飾がきらめいて、デジタルが回転を始める。「CRカラーギャング首都決戦Ⅲ」とかいう台らしいけど、おれにはなにがおもしろいのかまったく意味不明。

おれたちの背後を、二十代なかばくらいのガキがとおった。ヤクルトの野球帽のうえに、グレイのパーカをかぶっている。顔はほとんど暗い影のなか。忍者か失踪人みたいに存在感のない男。盤の中央にある液晶画面では、ゆっくりとみっつの数字がそろっていく。777。運の強い王さま。ガキが憎しみに満ちた目で、タカシの背中をにらんだ。

こいつがおれたちの探すゴト師なのだろうか。

だが、ペテン師がこれほどあからさまに顔色を変えるはずもなかった。やつはダムが決壊したように銀の玉をあふれさせる台を、口を開けて眺めていた。しばらくするといってしまう。

おかしなガキ。

777

この春Gボーイズが仕事を受けたのは、池袋巣鴨大塚で十二軒のパチンコチェーンを展開するジャルディーノ・エンターテインメントからだった。社長の天野《あまの》清次郎《せいじろう》はときどきテレビに登場している。真っ白なストレッチリムジンにのって、ピンクのシャンパンをのむ嫌味な姿を見たことのあるやつも多いだろう。いかに自分がセンスのない金もちかを競いあう成金番組だ。妻は本業がなんなのかよくわからない二十歳ばかり年したのタレント。鼻の形がやけに人工的な美人だ。

あの手の女は金の匂いに敏感だよな。

去年の暮れから、ジャルディーノ池袋北口店の売上に変調が起きた。今はパチンコの売上管理は徹底的にデジタル化されている。すべての台の成績が時間ごとのデータとなって残されているのだ。利益率が何週も連続で二割も落ちる偶然などあり得ない。

店長は当然ゴト師を疑った。だが、店のあちこちにはアメリカの重犯罪刑務所なみに監視カメラが設置されている。フロア係も怪しい客がいないか始終見まわっている。最初からゴト師がかんたんにイカサマをできるような状況ではなかった。

ジャルディーノでは最初のひと月、グループ内部で人員を増強して警戒を強めた。効果なし。なぜか金が抜かれていく。翌月は専門の警備会社に依頼することになった。社長の天野はなかなかしつこい男だ。とくに自分の金に誰かが手を伸ばしてくるときにはな。だが、それでも効果なし。店の制服を着た男女六人のガードマンを、開店時間中張りつけておいたのだが、ゴト師の誰ひとりつかまらなかった。

そこで天野は顔なじみに泣きついた。関東賛和会羽沢組系氷高《ひだか》組の氷高組長だ。ながいつきあいになるが、おれは今でもあの男の名前はしらない。別にしりたくもならない。やつはゼネコンのようにマージンだけ抜いて、仕事を下請けに流した。タカシ率いるGボーイズ。そのさらに零細下請けが、このおれというわけ。

今、この大型店のなかでは十六人のGボーイズのメンバーがパチンコとスロットを打っている。怪しいやつがいないか、周囲に気を張りながらね。

といっても、もう一週間がすぎたが、成果はゼロだった。

タカシのパチンコの腕があがり、おれの身体がタバコくさくなるだけ。ものみな新たになる春なのに、なにやってんだかなあ。

777

ジャルディーノの奥には、偽大理石張りの豪華なトイレがある。そのまえはちょっとしたロビーのようになっていて、円形のベンチと自動販売機がならんでいた。おれはパチンコの騒音に疲れて、足を投げだしそこに座っていた。やけに芳香剤がきつい。

だいたい大金もちのパチンコ屋の仕事など、おれの趣味じゃない。ゴト師だか、詐欺師だかしらないが、ギャンブルのうわまえなどいくらでも抜いてやればいいのだ。あと何日かタカシにつきあって、うちの果物屋にもどろう。おふくろの機嫌もそろそろ限界だ。そう考えていると、薄汚れたブーツのつま先がおれのまえで停止した。

やけに愛想のいい声が頭上からきこえる。

「あの、すみません。さっきとなりに座っていたのGボーイズのキングですよね」

視線をあげる。汚れたブーツに、全体が薄黒くなってるグレイのパーカ、野球帽のしたの顔も無精ひげが伸びて薄汚れている。賭けてもいい、こいつはこの数日風呂にはいっていないはずだ。若いホームレス？　金融危機以降、池袋だってめずらしくないタイプ。

「そうだけど。あんたさっきすごい顔して、タカシのことにらんでたよな」

目はぎらぎらしてる癖に、全力の笑顔でやつはいった。

「あの台、おれが昨日三万つっこんでいたやつなんです。それでキングがだしてたから、ちょっと悔しくて。この何日か、キングといっしょにこの店にいますよね。なにかトラブルでもあったんですか」

見たことのないガキだが、Gボーイズがなにをしているのか了解しているようだ。うさんくさい男。おれの言葉もきつくなる。

「あんた、なに者」

ガキの愛想のよさは鉄壁だった。無精ひげの笑顔のままジーンズの尻ポケットからチェーンにつながれた長財布をとりだしカードを一枚抜く。なんというか必死な感じ。

「あっ、すみません。パチンコに関することなら、自分もお手伝いできると思うんですが。なにせ、子どものころからギャンブルといっしょに育ったようなもので」

名刺を受けとり、読んでみる。株式会社デジスクエア　SE　三橋行矢《みつはしゆきや》。この格好とこのにおいで会社員が務まるのだろうか。やつの身体からは芳香剤に負けない体臭が漂ってくる。おれのうさんくさい表情に気づいたのだろう。キャップをかぶり直して、やつはいった。

「うちの会社はちゃんと仕事してれば、週に一度顔だせばオーケーなんです。昼間はひまだから、たまにここをのぞいてるんですよ」

一週間の半分以上、ユキヤの顔を見かけた気がした。在宅SEというのは、それほど自由時間があるのだろうか。

「今、いそがしくなくて。会社の調子もあまりよくないんです。SEの仕事は給料が三分の一の中国に流れてて、むこうは何百人というSEをそろえてでかい案件を猛烈な速さで仕あげてくる。日本人だって、一対一なら負けないいんだけど。安さとスケールでやられちゃうんです。くやしいな」

ＳＥであるというのは嘘ではなさそうだった。おれが相手にしてるストリートのガキのほとんどは、ＳＥなんて言葉の意味はわからない。末尾にＸでもつけなきゃ、ぴんとこないのだ。

「ＳＥがなぜタカシに用があるんだ」

「Ｇボーイズはいろいろと裏の仕事を受けている。報酬はかなり高額だときいたことがありまして。おれにも一枚かませてもらえませんか」

口の減らないガキだった。うつむき加減で、うわ目づかいでいう。

「……ゴト師探してるんですよね」

あきれた。薄汚れてはいるが、目は確かなようだ。

「あんた、見てるだけでわかったのか」

にこりと笑うと汚れた前歯がのぞいた。

「パチンコのことなら、たいていはわかります」

ユキヤが声をひそめていった。

「この店のゴト師のこともね」

「わかった。タカシにその話をしてくれ」

おれたちはトイレまえのベンチを離れ、戦場のようにやかましいフロアにもどった。

777

おれとキングとユキヤ、三人でむかったのは池袋駅東口正面にあるマクドナルド。百円のコーヒーをはさんで、テーブルをかこんだ。おれにしたら、あのリズミカルな騒音がないだけで天国みたいなもの。あたりは仕事をさぼったサラリーマンと学校帰りの高校生で埋まっている。ユキヤの名刺を読んで、タカシが命じた。

「ジャルディーノのゴトがわかったんだな。ユキヤ、話せ」

　無精ひげの頬をざらりとなでて、やつは話し始めた。

「報酬はちゃんとお願いしますよ。おふたりがどれくらいパチンコゴトをご存知かわかりませんけど、手口はいろいろとあるんです」

　ユキヤがタカシの左手首に目をやった。

「パネライのルミノールマリーナ3デイズ、本物ですよね。さすがにキングともなると違うなあ」

　黒い文字盤のやけにでかい腕時計という以外、おれにはよくわからなかった。パチンコと外国製ウォッチにやけにくわしい男。タカシはやつから目を離さなかった。

「いいから、話せ」

「わかってますよ。ゴトにもいろいろ種類があって、古典的なやつは釘曲げゴト、磁石ゴト、セルゴト、油ゴトなんて物理的なやり口があります。セルはセルロイドのこと。ガラスのすき間からさしこんで玉を穴に送りこんでやる」

　おれもジャルディーノのフロア係から基本の講義は受けていた。

「そういうのはもう古いんだろ」

「そうです、地方の店で一匹狼のゴト師がやってる感じですね。だけど腕のいいやつなら、それだけで十分くえます。ベテランは自分のやり口は変えずに、技を磨き続けるから逆にやっかいなんです。うまいやつはうまい」

タカシは澄ました顔でいった。

「だが、おまえはその手ではないと考えている」

人の心の先まわりがうまい王さま。

「ええ、ここの警備態勢はかなり厳しいですよ。個人じゃとても無理。今じゃ、ゴトだってスマホなみにハイテクになってるんです。不正チップ、裏ＲＯＭ、電磁波、体感器、ハーネス。玉や釘でなく、パチンコを制御するコンピュータに作用するゴトです。いってみれば、ハッキングに近いイカサマというか」

おれには、やつが口にする単語の半分もわからなかった。パソコンはネットとワープロソフトくらいしかつかわない。

「ふーん、そんなにハイテクなんだ」

「はい。とても単独じゃ無理です」

ユキヤの顔はどこか自慢げ。タカシがいった。

「店にも、おれたちにもわからないイカサマが、おまえになら見破れる。なぜだ？　おまえはゴト師の経験があるのか」

ユキヤはプラスチックの椅子のうえで胸を張った。

「いや、ないですよ。でも、パチンコを打つ人間の気もちなら腹の底から理解できる。なにせ、年季がはいってますから」

そこから薄汚れたパーカの男の地獄めぐりの話が始まった。ゲームとパチンコ漬けの十年間。おれがざっとダイジェストしておこう。

777

ユキヤが最初にゲームにはまったのは、十四歳だったという。転勤族だった父親の都合で、それまで二、三年単位で住まいを替えていた。いつか別れるのなら、友達をつくるのも面倒だ。というより、やつは案外繊細で別れのつらさよりも、ひとりで生きる孤独を選ぶタイプだった。やっとつくった友達と別れて、新しい土地にいく。感じのいい笑顔を浮かべて自己紹介をしながら、やつは何カ月も立ち直れないくらい悲しみに沈んでいたそうだ。

けれど、どの土地にいってもゲームセンターならある。当然、メダルゲームもある。手先が器用で観察力があるガキは、すぐに腕をあげていった。毎日かようちに、ほとんど元手をつかわずに、何時間でも遊んでいられるようになった。

パチンコに出会ったのは、電気系の専門学校にはいった春。入学式でしりあった同じＩＴビジネス科の友人に、学校のそばの店に連れていかれた。高田馬場の新装オープンの店。

「びっくりしましたよ。最初の千円で大当たりがでて、いきなり七万二千円になったんです。同じゲームだけど、メダルは換金できないじゃないですか。パチンコは堂々と金に換えられる。それから一気にはまりました」

そのときの金で友人に焼き肉をおごった。自分の金で特上のカルビとタン塩をたべたのは初めてだったそうだ。

「あのとき以来、おれの生活はパチンコを中心にまわっています。今の会社を選んだのは、在宅で時間が自由になるから。好きなときにパチンコを打てるからなんです」

　タカシが冷たくなったコーヒーに口をつけて、顔をしかめた。

「時間が自由になるのに、風呂にはいらないのか」

　ユキヤが自分のパーカの袖《そで》のにおいをかいだ。にこりと笑っていう。

「においますか。すみません」

「別にかまわないよ。風呂が嫌いなやつもいる。話の途中だ。あんたのパチンコ暮らしはわかった。だけど、なぜゴト師が見破れるんだ。ほかの客と変わらないし、フロア係にもわからないんだぞ」

　ユキヤが急に真顔になった。遠い目をしていう。

「悲しみと熱がないから」

　なんだか間抜けなJポップの歌詞みたい。だが、やつは大まじめだ。

777

　タカシがなぜか笑っていた。

「悲しみがないのか」

　ユキヤが身体をのりだしてきた。

「わかりますか、キング。パチンコを打つのもつらい、でも離れることはできない。金だって、やたらと消えていく。一万円札がオブラートみたいに溶けるんです。だけど、プロにやとわれた打ち子には、そんな悲しみはないんです。一発当ててやろうという熱も感じない。となりに座って何分か打てば、普通の客かゴト師かはわかります」

わるくない話だった。おれは機械や数字より、人間の勘と感を信じる。なにせ、それだけで池袋のストリートを生き抜いてきたからな。間違わないものより、ときどき間違うもののほうが信頼できるなんておかしな話だが、そいつが一瞬先がわからない暗闇を生き延びる秘訣なんだ。

「だったら、あんたがゴト師に気づいたら、店の人間に教えるだけで、今回の依頼は解決だな」

おれがそういうと、ユキヤは首を横に振った。

「それじゃダメです。たぶんフロア係のなかにゴト師とつながってるやつがいる。だから、ここまでばれてないんだと思う。教えた相手が敵側じゃないという保証がなければ、全員逃げられてしまいますよ」

タカシが氷からあがる冷気のような声でいった。

「ここのフロア係にはひとりだけ、うちのメンバーがいる」

「そのメンバーが裏切らないという証拠は」

ユキヤが口を滑らせた。タカシはなにもいわずにペギラの冷凍光線のような視線で見つめ続ける。先に目をそらしたのは薄汚れたパーカの男だった。

「すみません。余計なことをいいました」

マクドナルドの二階の半分が凍りつきそうになったので、おれは口をはさんだ。

「Gボーイズのメンバーは、子どものころからずっといっしょにこの街で育ってる。裏切れば、友人も生きる場所もなくすことになる」

それはイカサマではいる金より強いはずだった。この街で生きてきた過去の思い出のすべてと、今ある人間関係のすべてと、これから結ぶ未来の絆《きずな》のすべてを失うことになるのだから。まあ、その分めんどくさいのだが、おれだって池袋を捨てる気にはなれない。

それからさらに二十分、おれたちは三人で打ちあわせを重ねた。

777

春の数日がひねもすのたりとすぎていった。

パチンコってほんとは肉体労働だと、嫌でもおれは気づかされた。ずっと座ったままなので尻と腰が痛くなるし、目がちかちかして、耳鳴りがするようになる。鼻とのどはタバコの煙で痛くなる。ギャンブルのスリルに目がないやつ以外には、長時間の拷問と変わらない。

タカシから頼まれた仕事なので、おれはしかたなくパチンコを打ち続けた。シンセベースと打ちこみのドラムマシンの音に耐えられなくなり、携帯音楽プレーヤーをききながら。なかにはいってるのは、生誕二百年のヴェルディ。パチンコの毒々しい光と騒音に負けないほど華麗で豪快な前奏曲とアリア。『リゴレット』は呪《のろ》いと若く美しい女の自己犠牲のお話。まあ、そのうちストーリーを紹介するよ。

当然、耳のほうはお留守になるので、始終スマホをチェックしなければならない。ジャルディーノのフロアにつめるGボーイズは、みなラインで結ばれている。気になる客があらわれたら、すぐに報告することになっていた。時代は進化する。無線機からパーティライン、携帯メールから抜群にかんたんなラインへ。進化しないのは、おれたちの言葉のほうだけかもしれない。

夕方四時半、マントヴァ公爵がうたう「女心の歌」（女なんてみんな浮気者って歌詞、まあイタリア人だから許してくれ）をきいていると、ラインに吹きだしが浮かんだ。

「G22に打ち子発見」

ユキヤからだった。そのあと親指を立てたスタンプが続く。右手から七番目の列の一番奥の台だ。頭にはフロアの見とり図が嫌々だがはいってる。おれはオペラを消して、すぐに入力した。

「いったほうがいいか」

ラインの返事は一瞬だ。

「待ってくれ。様子がおかしい」

今度は物陰に隠れるゴルゴ13のスタンプ。女子高生みたいなガキ。

「なにがおかしい」

つぎのラインはタカシからだった。おれは自分のパチンコを打ちながら、固唾《かたず》をのんでスマホの画面を見つめていた。ユキヤから返信がくる。

「やつが腰をすえて、打ち始めた。おかしい。みんな待機していてくれ」

了解のスタンプの嵐が続く。やっぱりラインはふたりくらいでやるほうがいいのかもしれない。おれはまるではいらないパチンコを打ちながら、いらいらと待った。

三十分ほどして、なぜか大当たりがやってきた。おれの台のデジタルがくるくると回転を始め、事故現場に到着した緊急車両のように頭のうえでランプが回転する。この仕事ではカードは店もちだが、当たった分は自分で換金してもいいことになっていた。ちょっとしたバイトのボーナスといったところか。

好きでもないパチンコだが、こぶしをにぎって数字がそろうのを願ってしまう。赤いバンダナの中央に染められた7の番号だ。当たりを引けば、うちの果物屋一週間分の給料と同じ金額が手にはいる。こいつはやっぱりスリリング。

だが、世のなかはうまくいかないよな。チャンスはめぐってくるが、めったにつかめないようにできているのだ。ラインに新しい吹きだし。ユキヤからだ。

「フィーバーだ、Sきてくれ」

Sは最少でスペシャルなユニット。タカシとおれとGボーイズのフロア係がひとり。猛烈に残念だったが、席を立つことにした。となりに座っていた金髪のおばちゃんが目を丸くした。

「どうしたの、あんた。デジタルまわってるじゃない」

おれは皿をチェックした。ほとんど玉は残っていない。

「急用ができたんだ」

おばちゃんがよだれを垂らしそうな顔でいった。

「じゃあ、その台空くんだよね。あとで半分まわすから、打たせておくれよ」

この台で打てるなら、どんなものでも売り渡す。なんなら、家族や自分の身体さえ。欲望でどろどろになった顔を見たのは久しぶりで、おれは少々気分が悪くなった。

「いいよ。好きに打ってくれ」

十日近く店で張りこみをして、よくわかった。パチンコを打つやつらはみなひどく退屈な顔をしてる。だが、デジタルがまわり始めたとたんに、人間が変わるのだ。ぎらぎらと目が光り、欲望が走りだす。おれが席を立ったとたんに、おばちゃんがセーラムの箱をおれの台に滑らせた。

ここにも「女心の歌」。

777

ユキヤはなにげない顔で打ち続けていた。G21の台だ。となりにはカーキ色のフィールドジャケットを着た二十代の男。こちらもデジタルは回転を始めている。ユキヤのいっていた「熱がない」の意味がわかった。大当たりを引いても、まったく醒《さ》めたままなのだ。興奮も歓喜もない、ただのお仕事。

タカシはうしろの台で、素知らぬ顔で打っている。Gボーイズのフロア係がゆっくりとやってきた。巡回中で腰にさげた鍵が鳴っている。おれはラインで打った。

「いついく?」

ユキヤは器用なもので、右手でハンドル、左手でスマホを軽快に入力する。

「フィーバーがかかったら即」

こちらでも赤いバンダナに白抜きされた777がヒットした。ようやくこれで長いお勤めが終わる。おれがそう安堵《あんど》していると、予定外の男たちがやってきた。見たことのない顔のフロア係が二名。さらにちょっと強面《こわもて》でガタイのいい男が二名。G22のガキをとりまくように、がっちりとガードしている。

どういうことだろう。監視カメラはどうなってんだ？

ユキヤの顔色が変わった。ラインが届く。

「やばい。やつら勘づいた。どうする？」

タカシが台にむかったまま背伸びする。伸ばした右手の先には、スワロフスキーのクリスタルで飾られたスマホ。やつからのメッセージを読んで、おれは笑い、緊張でおかしな汗がでてきた。

「G22全員集合」

ふざけた王さま。だが、つぎの瞬間には狭い通路をGボーイズのメンバーがなだれこんできた。イカサマ組の五人を左右から、押しこんでいく。タカシがロックアイスのように角のとがった声でいった。

「抵抗は無駄だ。裏の保安室に顔を貸せ」

「ふざけんな」

叫んでタカシに突撃したのは、あとからやってきたガタイのいい男。黒いジャージの背中には金文字で、なぜか「無窮」と刺繍《ししゅう》してある。意味がわかってるのか、こいつ。やつの指は池袋の王さまにはかからなかった。

客の振りをして張りこんでいたGボーイズ三人に床に潰されたからだ。なにかを叫んでいたが、すぐに静かになった。腕の関節でも決めたらしい。悲鳴はタイヤから空気が漏れるようだった。

「いけ」

Gボーイズに引き立てられて、ゴト師の一味がいってしまうと、ユキヤが低く口笛を吹いた。

「やっぱり、キングってすごいんですね」

おれのほうをむいて、よだれを垂らしそうな顔でいう。

「この台まだフィーバー中なんですけど、おれが続きを打ってもいいですか」

そいつは違法な改造の証拠品。

「ダメだ。店の人間にまかせて、さわるなよ」

おれがそういっても、やつの目は開いたままのヤクモノに張りついて離れなかった。砂漠で見つけた一杯の氷水。薬中のまえにあらわれた極上のタイ産スピード。そんな感じ。やつの瞳孔はぱっくりと開いて、電飾が輝くイカサマ台を見つめている。魂が抜けたみたいだ。

Gボーイズのフロア係がやってきて、台を開けた。裏側はびっしりと電子機器で埋まっている。やつはカラフルな電線の束を基盤からはずした。卵を呑んだヘビのように中央がふくらんだ原色の電線だ。

「マコトさん、こいつです」

おれにはなんのことかまったくわからなかった。ユキヤがささやいた。

「ハーネスゴトですよ。そいつで台のなかのコンピュータを狂わせるんです」

デジタルが回転を止めても、やつの瞳孔は開いたまま。狂ってるのはいったい、どっちなんだ。

「おれたちもいくぞ」

ユキヤといっしょにジャルディーノの保安室にむかった。ヘビのような電線をさげて、Gボーイズもあとに続く。ようやくBGMが流れていたことに気づいた。曲はきゃりーなんとか。タイトルはしらない。ひとつの山を越えたのはいい。だが、この男はいったいなんなのだろう。おれには真っ黒に開いたユキヤの目が気になってたまらなかった。

もっとも誰がどんな形で破滅するかなんて、いちいち気にしていられない。この街にはそんなガキはいくらでもいるからな。それでも気になるのは、きっとおれがトラブル中毒で、破滅寸前のガキを見ると放っておけない変質者だからかもしれない。

格差が開けばひらくほど、街には困ったガキが湧いてくる。

当分、おれも休みをとれそうにはなかった。

777

狭い保安室は五人のゴト師とフロア係とGボーイズで満員。座っているのは、ゴト師だけだった。壁の一面はパソコンとモニタで埋まっている。店長がタカシにいった。

「ご苦労さまでした。Gボーイズのみなさんは、もうけっこうですから」

店長は今どきめずらしいリーゼント。鋭い目でゴト師に寝返った自分の部下をにらんだ。

「こいつらから話をこってり絞って、警察に引き渡してやります」

警備システムにどんな穴があるのか、しりたいのだろう。タカシが王の余裕でうなずいた。

「警察がくるまえに、こちらは消える。社長によろしく」

おれはパイプ椅子にうなだれて座る五人のゴト師に目をやった。初犯ならともかく何度目かの逮捕なら、きっと刑務所にくらいこむことになるのだろう。誰もがしびれたような顔で無表情だった。こちらの世界にもどってきたとき、きちんとした仕事はあるのだろうか。いらないことを考えて気分が沈みこむ。

タカシに続いて、Ｇボーイズがでていった。おれもあとに続いた。イカサマのあとでも続く面倒な人生について考えていると、やけに明るい声が飛んできた。

「どうですか、おれがいったとおりでしょう」

薄汚れたパーカを着たユキヤだった。

「ああ、よくやってくれた」

おれが返事をすると、やつはこちらを無視して、タカシの正面に立った。もみ手をしそうな勢いだ。

「ジャルディーノの社長から受けた仕事なんですよね。おれにもちゃんとギャラはもらえますか」

道端に落ちている擦り切れたスニーカーの片方でも見るように、タカシがパチンコ好きのＳＥを眺めた。

「そういうことになるだろうな」

ユキヤが急に頭をさげた。

「すみません、ギャラはそちらで決めてもらっていいですから、とりあえず今ここで三万円だけ先払いしてもらえませんか」

見あげた根性だった。トラブル解決直後にタカシと金額交渉するガキをおれは初めて目撃した。だいたいのやつは怖がって、まともにキングの目さえ見ようとはしないんだが。

ユキヤは必死だ。

「おれ、このまえ接触事故をやらかしてしまって、修理代で首がまわらないんです。うちの車の保険はあまりつかいたくないですし。子どもの水着だって買えないくらいで」

タカシはガラスケースのなかの昆虫標本を見るようにユキヤの顔をじっと観察した。

「子どもは？」

「幼稚園年中さんの女の子がひとり」

「ほんとうだな」

ユキヤは全身を震わせて、頭をがくがくと上下に揺さぶった。

「わかった。そいつに払ってやれ」

秘書役のGボーイが財布から紙幣をとりだした。やかましい合成音楽が流れるパチンコ屋の通路で、生々しい金のやりとりだ。Gボーイはユキヤの名刺の裏にサインを書かせ受領証にした。ギャングとはいえ、金についてはシビアなのだ。

金を受けとるとユキヤはカメレオンがハエを呑むようにさっとジーンズのポケットにしまいこんだ。おれを見る。にやりと笑うとやつはいった。

「マコトさん、おれもGボーイズにはいれないですかね」

おれは肩をすくめた。いままだかつて誰かをタカシの組織に紹介したことなど一度もない。だいたいユキヤという男はまだしりあったばかり。

翌日から退屈な店番が始まった。肌寒い春の果物屋だ。日ざしが弱いせいか、どの商品もまだ実が堅かった。実が成長するあいだは、たくさん太陽の光を浴びなければならない。フルーツも人間も同じかもしれない。あんまりユーチューブばかり見てるのも考えものだよな。

変わったことといえば、ユキヤがなぜかうちの店に顔をだすようになった。おれは店の住所を教えていないから、誰かGボーイズにでもきいたのだろう。話もないのに毎日のようにやってくるのだ。いいかげん迷惑。やつの着るものは、いつも似たように薄汚れている。子どもがいる癖に、家では洗濯もしないのだろうか。どんな女かしらないが妻失格だ。

店のまえの歩道で、ガードレールに腰かけていう。

「マコトさん、なにかいいトラブルはありませんか」

おれはマンゴーやパイナップルを積んでいた。顔はあげない。

「そんなものあるか。邪魔だから、どっかいってくれ」

ユキヤはぜんぜんこたえていなかった。

「できたら、またパチンコがらみがいいんだけどなあ。ねえ、マコトさん、おれたちふたりとGボーイズで、ゴト師狩りのチームをつくりませんか。流行ること間違いなしですよ。それで日本中旅したら、おもしろいだろうなあ」

うっとりした顔をしている。「釣りバカ日誌」じゃないんだから、ゴト師を追いかけて日本中のパチンコ屋をめぐるなんて願いさげだった。おれはパチンコが嫌い。

いつまでも帰らないので、しかたなく話を振ってやる。

「なあ、ユキヤ、ジャルディーノのゴトはどういう仕掛けだったんだ？」

やつは舌なめずりしそうな顔で背筋を伸ばした。ガードレールに座ってる割にはえらそうだ。

「あの店は二十四時間の監視システムがあるってじまんしてたんですけど、穴があったんですよ」

「へえ」

ラスベガスの大カジノではない。おれはまるでのり気でなく返事をした。ユキヤは大興奮。なぜかパチンコに関することには、すべてアドレナリンが大放出する体質らしい。

「深夜零時五十五分から、五分間だけ映像が記録されていない時間帯があったんですって。そこを狙って、ゴト師に金でつられたフロア係がハーネスをしこんだ」

なるほど、ユキヤのいうとおり最初から内部協力者が存在したのだ。

「その台に打ち子がやってきて、すぐ大当たりというわけか。かんたんなんだな」

ちっちっちっと舌を鳴らして、ユキヤが人さし指を振った。まだ青いマンゴーを投げつけてやろうかと思った。

「そんな単純じゃありません。ハーネスにしこんだプログラムを動かすために、三、四百回転はまわして、二分おきに休息を二度とる。すると自動的に全開になる」

「面倒なんだな」

「ある程度の腕があるなら、かんたんですよ。おれだって、今日から打ち子になれる。で、玉を景品と交換してるあいだに、フロア係がハーネスをはずしてしまう。証拠は残らない。なぜか、その台だけ飛び抜けてコンピュータの当たり確率があがっている。調べてみても、機械に異常はない。よくできたやり口でした」

凄腕ゴト師の名門グループが池袋署にごっそり逮捕されたというのは、この街のストリートと実話系週刊誌では、ちょっとした話題になった。まあ、それだけで世間はみな忘れてしまったんだけどな。

「おまえって、仕事はだいじょぶなのか」

ユキヤはいつも池袋の駅、それもパチンコ屋の周辺でうろついている。

「ええ、夜がんばってますから。こう見えても、けっこう腕のいいSEなんですよ」

「わかったから、もういけよ。商売の邪魔だ」

一見ホームレスと間違えそうな泥とほこりにまみれた服に目をやった。こいつはほんとうに毎日家に帰っているのだろうか。やつはガードレールから立ちあがり、腰を低くした。バツが悪そうにいう。

「マコトさん、ちょっと金貸してくれないですかね。二万円」

「人に貸す金なんてない」

おれが貧乏なのは、池袋じゃちょっと有名な話。ユキヤはくいさがった。なんというか、人に金を借り慣れている雰囲気。

「じゃあ二万円じゃなく、一万でいいです。キングと話がついて、このまえのゴト師のギャラが来週にはあと二十万はいるんです。そしたら、すぐに返しますから」

「なんのための金だ？」

店の奥からうちのおふくろがうさんくさげにユキヤをにらんでいた。自分の長男とつきあわせるには望ましくないタイプみたいだ。

間髪《かんはつ》いれずに返事がもどってくる。やつも必死だ。

「うちのかみさんが体調を崩して倒れてしまって。昼は幼稚園があるからいいけど、ベビーシッターを頼まないと、おれのほうの仕事がぜんぜんできないんです」

ひざの抜けたユキヤのジーンズとベビーシッターというのが、どうもなじまなかった。

「悪いな。おれはほんとに金ないの。頼むなら、タカシにしとけ。あいつのとこにはなぜかいつも金があるからな」

キングが二年ごとに新しいドイツ製のSUVをのりかえ、ハイブランドのファッションに身を包んでいるのは事実だ。もっともやつが一円でも税金を払っているとは思えないけどな。ユキヤがじっとおれの目を見た。おれも見返す。相手がどんなに凶悪なやつでも、にらめっこは得意だ。先に目を伏せると、ユキヤはいった。

「じゃあ、また遊びにきます。ゴト師ハンターの話、真剣に考えてみてください」

「ああ、考えとく」

そうはいっても、おれはタバコの煙とリズミカルな騒音のなか一日中パチンコを打つ気にはなれなかった。あれは嫌いな人間には拷問と同じだ。

「マコト、あの男誰だい」

うちに助けを求めにくる人間にはたいていやさしいおふくろの顔が厳しかった。眉《まゆ》のあいだのしわが深い。

「ユキヤ。おれもあいつがどういう男かはわからない」

おれがしっているのは、やつがパチンコと借金の申しこみに関して凄腕であるということだけだ。

その日の夕方だった。うちの店先に母親とちいさな娘が立っていた。流れているのはヴェルディ。例の「女心の歌」だ。熟れきったパイナップルとしなびたグレープフルーツを積んだ傷もののカゴを指さして、売れ残りの果物に負けないくらいくたびれた女がいった。

「ひとつずつください」

賢い買いものである。あわせて二百五十円なのだ。見た目は悪いが、味のほうは保証つき。腐る直前がうまいのは、肉もフルーツも変わらない。娘のほうがなにかを恐れて、母親のスカートの裾《すそ》をぎゅっとにぎりしめていた。おれがつりをわたすと、若い母親がいった。

「あの、すみません、Gボーイズとかいうパチンコのイカサマ対策事務所があるのは、こちらですか」

ゴト師対策の事務所？　一瞬意味がわからなかった。

「うちは見てのとおりの果物屋だけど。そんな話、誰にきいたんだ」

女がていねいに頭をさげた。

「うちの主人です。三橋行矢といいます。わたしは美里《みさと》、この子は月美と書いて、ルナです」

「……あっ、そうなんだ」

おれは絶句して、店先に立ちつくした。どうやらユキヤに幼稚園年中の娘がいるのは、ほんとうのことらしい。

おれよりもおふくろのほうが行動は早かった。なぜか、助けを求めている人間には、すぐ気づくのだ。江戸っ子の勘なのかもしれない。

「だいじょうぶかい、あんた」

おれはあらためて若い母親とキラキラネームの娘に目をやった。ユキヤほどではないが、全体にくたびれた服を着ている。きちんと洗濯した五年もののユニクロって感じ。

「なにがだいじょうぶなんだよ」

振りむいてそういうと、おふくろは完全におれを無視した。

「あんた、きちんとごはんたべてるのかい？　その子には朝ごはんたべさせたのかい？」

そのとき離れて立っていたおれにもわかるほどの音量で、ミサトの腹が鳴った。顔を赤くして、やせ細った母親がいった。

「この子にはなんとか。でも、わたしのほうは……」

信じられないことに、ミサトは立ったままぼろぼろと涙を落とした。池袋西一番街の通行人がじろじろとうちの店とミサト親子をながめてすぎていく。ルナがあわてていった。

「おかあさん、だいじょうぶだよ。今度はルナのごはん半分あげるから、いっしょにたべようね。だいじょうぶだから、泣かないで」

おれはユキヤとはなんのかかわりもないに等しい。仕事を依頼されたわけでもなかった。この街にいる貧しい人間をすべて救うなど、できるはずがない。サービスにしなびたネーブルでもわたして帰らせようとしたら、おふくろがいった。

「マコト、ちょっと店番してな。あんたたち店先で泣かれたら、商売の邪魔だからこっちきなさい。今、なにかちゃちゃっとつくってやるから」

冷気を漏らすほど怒ったタカシよりも、もっと最悪の相手だった。情け心をだしたうちの鬼のようなおふくろ。こうなったら、とことん介入するまで、おふくろは引かないだろう。連れだし小路のトラブルを思いだす。相手にとって危険すぎるので、おれはおふくろを一枚かませるのは嫌なんだが。

「ルナちゃん、なにがたべたい?」

おれにはだしたことのないようなやさしげな声で、おふくろが質問した。ルナの返事ははじけるようだ。

「あまーい卵焼きとタコさんのソーセージ」

おれもひと口のることにした。

「あとは肉と玉ねぎたっぷりのトン汁、お願いします。ごはんは炊き立てで」

おふくろはじろりとおれをにらんで、二階にあがっていく。ミサトが頭をさげた。

「すみません。お世話になります」

ルナが先に店の横にある階段をのぼった。

「おかあさんも早くきて」

おれはユキヤのパートナーに声を殺していった。

「めしがすんだら、ルナをおふくろに預けて、店に顔だしてくれ。あんたからユキヤの話をきいておきたい」

ミサトはていねいに頭をさげた。

「ほんとうにご迷惑をおかけして、もうしわけありません。すみません、すみません」

あったばかりで、おれは何度この女から頭をさげられただろうか。そいつは一日中あやまって、あやまることにすっかり慣れてしまった人間のやりかただった。

メッセージはシンプルだ。生きているのが、すみません。幼稚園児の娘をもつ母親が決してするべきことではなかった。

777

おふくろはリクエストどおり、トン汁をつくってくれた。だし汁はほんのすこしで、大量の玉ねぎを投入する新しいレシピだ。水分はほとんど野菜からでる。玉ねぎの甘さが豚の脂身の甘さを引き立ててくれる絶品だった。決め手はすりおろしたニンニク。なあ、貧乏人の晩めしって、ほんとにうまそうだろ。金もちはうまくもない平均的フレンチでもくっていればいい。

ミサトが店におりてきたのは夕方の買いもののラッシュもすんだ午後六時半。おれはいくぶん丸みをとりもどした母親にいった。

「ルナはどうしてる？」

「すみません。休んでいます。マコトさんの部屋に寝かせてもらいました」

畳の部屋はおれの四畳半だけ。おふくろの六畳には、なぜかセミダブルのベッドがはいっている。二階にある部屋はあとはダイニングキッチンだ。

「そこに座ってくれ」

おれはビールケースにあごをしゃくった。ミサトが腰かけると、砂の鳴くような音がした。うちの店はほこりっぽくて、千疋屋《せんびきや》のフルーツパーラーのようにはいかない。

最初に以前から気になっていたことをきいた。

「ユキヤはほんとにちゃんと仕事してるのか」

ミサトの顔に影ができる。貧しさと悩みの種は、あの薄汚れたSEなのだろう。声はききとれないほどちいさい。

「……首にならない最低限の……仕事はしているみたいです……あの子にはほんとにやさしくて……いい父親なんですけど」

おれは同情などしなかった。

「いい父親だけど、最低の人間って、いくらでもいるよな。仕事をしないで、なにしてるんだ」

おれにもだいたいはこたえの想像がついた。だが、はっきりとミサトの口からきいておかなければいけない。

「……パチンコ……です」

救われない話。もちろんパチンコは違法ではない。ユキヤがろくに仕事をせずに「遊技」にいれあげても、それは当人の自由だった。

「そうか。あのさ、最初にイカサマ対策事務所とかいってたけど、あれどういう意味?」

ミサトはため息をついた。

「一昨日の夜、あの人が帰ってきて夢中で話しだしたんです。今度、パチンコが本業になるって。

また、当てにならない必勝法でも見つけたのかと思いました」

おれは口を滑らせた。

「ユキヤはそんなにたくさん必勝法を見つけたんだ」

冗談のつもりだったが、ミサトは恐ろしく真剣に落ちこんだ。生きてるの嫌になっちゃった的な微笑を浮かべる。

「ええ、ときには数十万円もする情報商材なんかを買いこんだときもありました。うちの家族、わたしやルナのことでなく、パチンコで勝つこと、それがあの人にとって一番重要なことなんです。わたしはとことん疲れました。一昨日から部屋に帰ってもこないし」

「なるほどな」

おれにはなにもいうことがなかった。ギャンブルにはまった夫とその家族。貧しい街なら掃いて捨てるほどある耳タコの話だ。

「ゴト師狩りの話のときに、西一番街にあるフルーツショップとマコトさんの名前がでていたので、思い切って訪ねてみたんです」

「なにもしてやれなくて、悪いな」

おれは慈善事業家でもボランティアでもない。金についていうなら、こちらが助けてもらいたいくらい。しぼんでいたミサトが明るく笑った。

「だいじょうぶです。おかあさまの手料理、すごくおいしかったですし。ルナは明日の分のおむすびまでにぎってもらいました。うちは今お米ないので、ほんとに助かります」

米が買えないのか。いったいいつの時代の話なのだろう。二階から女の子の泣き声が響いた。

おふくろがあやしている。猫なで声が気味悪かった。

「マコト、ちょっときな」

招集がかかった。おれはミサトにうなずくと、二階に駆けあがった。点呼に遅れると、恐ろしい責めが待っている。うちの店の上司は池袋の悪名高いキングよりずっと恐ろしいのだ。

777

ルナがびっくりした顔で泣いていた。ここがどこなのか、わからないのだろう。おれも幼稚園のころはよく泣いたものだ。なにせ世界は冷酷だからな。

「マコト、この子をうちまで送ってやんな。店のほうはあたしが見ておく」

年中さんのルナの身長は百十センチくらいだろうか。体重は十五、六キロ。確かにミサトが抱えて帰るのはしんどそうだ。

「それから、あんた、池袋一のトラブルシューターなんだろ。ミサトさんの家族をなんとかしてやりな」

「ちょっと待ってくれよ。こいつは犯罪でも、トラブルでもないんだぞ。ただのパチンコマニアと運の悪い家族の話じゃないか。スリルもサスペンスもない」

ついでにいえば、おれが得意の舌先三寸で活躍する余地もなかった。おれには薬物やギャンブルや性犯罪をやめさせる方法なんて、まったくわからない。おふくろは米軍が開発中のレーザー兵器のような熱視線でおれをにらんだ。頬の肉が焼け焦げそうだ。

「うるさい。こっちでも動くから、おまえもできる限りのことをしてやりな。とにかく今夜は、ルナちゃんをうちまで送るんだよ」

アイアイサー、ご主人さま。この街で生きてる限り、おれはおふくろには逆らえなかった。おれは泣いているルナの髪に手をおいた。びっくりするほど熱く、汗に濡れている。子どもはうたた寝だって、全力で眠るのだ。そのあいだにすこしでも早く成長したいのだろう。

「もうだいじょうぶだ。おかあさんとうちに帰ろうな。おれが送っていってやるよ」

「うん。マコトさん、おとうさんみたい」

ルナを抱きあげた。軽い。中型のスイカ二個分くらいか。この子はほんとうに毎日十分にたべさせてもらっているのだろうか。

777

ダットサンのピックアップトラックに、ミサト親子をのせた。夜の副都心の底を走る。いつのまにか池袋の街にも高層ビルが増えていた。失われた二十年のあいだにも街は生まれ変わり、空高く豊かで華麗で文化的な暮らしを送る人間が増えたのだろう。おれの暮らしはなにも変わらないけどな。

「あんたのうちはどっちのほう?」

「都電荒川線の巣鴨新田の近くです。あの駅のそばまででいいですから」

おれもそのつもりだった。人の家をのぞく趣味はない。だが、ルナは疲れていたのか、となり駅の大塚駅前近くまで走ったところで、また眠りこんでしまった。しかたない。ミサトは恐縮しながら、駅からの道を教えてくれた。こちらは高層マンションなどない、庶民の街なみだ。元はベージュだった壁が黄土色に変わった公団住宅が見えてきた。バルコニーの手すりやサッシに高度成長時代のにおいが残っている。エントランス近くの駐車スペースが空いていたので、すこしだけとめさせてもらう。

「うちについたよ、ルナ」

汗だくで寝ている女の子を抱きあげた。寝ぼけたルナがつぶやいた。

「おとうさん、おかえり」

おれはミサトと顔を見あわせて、すこし笑った。父親になるのは、こんなふうにすこしくすぐったいのかもしれない。ミサトが蛍光灯が点々ととともる通路を歩いていく。安もののトートバッグが子連れの母親らしく妙にでかかった。階段を先に立って、のぼっていく。子どもをひとり産んだくらいの女の尻って、やわらかそうでいいよな。そんなことを考えるのは、おれもアダルトになったってことか。

「すみません。うち四階建ての四階で、エレベーターもなくて」

汗だくでおれはいった。

「だいじょうぶ。いつもフルーツ運びで鍛えてるから」

四階の外廊下には気もちのいい風が吹いていた。春の夜の乾いた冷たい風。

「部屋はどこ?」

なにげなくきいたら、返事はヒッと息を呑む音だった。深緑に塗られたスチールの扉。まんなかに郵便受けの口がついてるような古くさいドアだ。そこに何枚も手書きのコピー用紙が貼られていた。

（金を返さない、人でなし）

（三橋行矢、さっさと借りた金返せ！）

（返せないなら、即、死ね）

（善良な市民のみなさま、このアパートの三橋家は人非人《にんぴにん》であります）

街金の催促というより嫌がらせの紙が夜風になびいていた。おれはルナで手いっぱい。凍りついていたミサトが扉に駆け寄り、猛然とはがし始めた。おれにではなく、娘に見せたくないのだろう。まだひらがなしか読めないルナでも、こいつを書いた人間の悪意は伝わるはずだった。くしゃくしゃになった脅しの手紙をトートバッグに押しこんで、こわばった表情でミサトがいった。

「今夜はありがとうございました。ルナをありがとう。おかあさまにもよろしくお伝えくださ い」

ぐずりだした女の子を抱いて、腰を折り頭をさげる。おれに返事もさせずに続けた。

「それから、もううちの家族とはかかわりにならないほうがいいです。もうダメなんです。こんな生活には耐えられない。あの人とはおしまいにします。さようなら、マコトさん」

おれは腹の底から息を吐いた。悲しみのロングブレスだ。

「ちょっと待ってくれ。あんた、ほんとにそれでいいのか。その子にだって父親は必要だろ」

ミサトは強かった。顔はショックで青白いが、しっかりと意志の力だけで微笑《ほほえ》んでいる。

「今日、マコトさんに会いにいったのは、ほんとうはまた悪い筋から借金をしていないか、確かめるためでした。そうでなければ、またあの人が嘘をついて、なにもしらない人からお金を借りていないか。もうこれ以上一円でも借金が増えるのが怖かったんです」

「そうだったのか。あんたって、ほんとに……」

　あとは言葉が続かなかった。ミサトはそうやって、夫が新たに借金をしそうな先にでむいて、ひとつひとつ潰していくつもりだったのだろう。自分の分のくいものはみな娘に与え、ふらふらになりながら。

「おかあさまもおひとりでマコトさんを育てたんですよね。わたしもがんばってみます」

　おれとおふくろふたりだけの二十数年間を考えてみた。

「母ひとり子ひとりって、あんまりおすすめできないと思うけどな。あきらめるのは、いつでもできるから、ちょっとだけ動いてみてもいいかな」

　ルナを抱いたままミサトは不思議そうな顔をした。おふくろのおせっかいが遺伝したのかもしれない。あるいは江戸っ子の悪い病気か。

「なにができるかわからないけど、ユキヤの面倒すこしだけ見てみる。風が冷たいから、もうなかにはいってくれ」

　おれの足元でちぎれた手書きの貼り紙が舞っていた。金を返さないやつは人でなし。だったら返せないような金利をつけて金を貸すようなやつはどうなんだろう。おれは緑の扉がそっと閉まるまで外廊下で待ち、階段を一階まで駆けおりた。

777

　うちに帰るまえに、話だけしておきたかった。ダットサンの運転席で、池袋の王さまを呼びだす。今度のとりつぎはなぜかアニメ声の女。タカシに代わるとおれはいった。

「いつから秘書の趣味が変わったんだ」

タカシは氷河を吹きおろしてくる風のような冷えびえしたため息をつく。

「マコト、おまえのつまらない冗談で、おれは一年に三日は損をしてる。すぐに用件をいうか、通話を切れ」

「待ってくれ、ユキヤのギャラが二十万残ってるって、ほんとうなのか」

「金のことはわからない。だが、そんなに払う予定はないはずだ」

ゴト師を張っていたあいだ、やつのパチンコ代も店もちだった。タカシがいった。

「それよりおまえがゴト師対策の仕事を手広くやりたがっていると、ユキヤはいっていたぞ。ジャルディーノの社長から、あちこち紹介されたんだってな」

またユキヤの嘘だった。

「タカシ、おれがそんな面倒なこと本気でやると思うか」

「やつのでまかせか?」

「ああ、あいつはあちこちで嘘をならべては金を引っ張ってる。おれは今、ユキヤのアパートにきてるんだ」

タカシが吹雪《ふぶき》のような笑い声をあげた。

「おまえのもの好きもたいしたもんだな。で、どんな様子だ?」

おれは手短にミサトとルナの話をした。母親は栄養失調ぎりぎりで、幼稚園の娘になんとかくわせている。アパートのドアは街金のとり立て屋がびっしりと嫌がらせの貼り紙を残している。三人家族はもうぎりぎりだ。最後につけたした。

「うちのおふくろの命令で、あの一家のトラブルをなんとかしなきゃいけなくなった」

キングがまた笑った。今度は同じ氷点下でも、ほんのすこしマイルドなやつ。

「それじゃ、おれもひと肌脱がないわけにはいかないな」

「ああ、それで電話したんだ。なあ、タカシ、Gボーイズの全員にきいてみてくれないか」

ふふふと王さまが笑った。夜中に氷柱《つらら》がふれあうような低い声だ。

「おまえといるとあきないな。なにをしりたい？」

「ギャンブルをやめさせる名人がどっかにいないかな。いい薬でもあるなら、それでもいいや。おれ、そっちのほうはぜんぜんわからないんだ」

そんなやつが実際にいるのかどうかもわからなかった。だが、Gボーイズの合法非合法のネットワークはバカにならない。それにおれはネットとかで探しものをするのが嫌いなのだ。どうもネットは信用できない。なあ、あんただって、そう思うだろ。自分よりあとに生まれた道具なんて、そうたやすく信じられるもんじゃないよな。

タカシがわかったといって、電話を切った。

おれと違って、ユーモアのセンスとか大人の余裕がぜんぜんない。

やつもまだまだ若いよな。


その夜はあまり眠れなかった。貼り紙だらけの緑の扉、ルナの頭の汗のにおいと身体の熱、ミサトのあきらめ切った微笑が頭を去らなかった。もちろん眠れないのは考えごとをしていたせいばかりじゃない。おれの部屋のとなりにあるおふくろの寝室から、ひと晩中話し声がきこえたんだ。おふくろがあちこちに電話をかけまくる様子を、ライブで何時間も。これって立派な虐待だよな。精神に深い傷を残す。

救いだったのは、翌日は巣鴨の青果市場が休みだってこと。のんびり朝寝坊して、作戦を考えられる。といっても、おれには毎度のことながら、明確明晰な作戦などつくれるはずもなかった。おれはときどき自分が池袋の街で、擬態《ぎたい》して生きる昆虫にでもなった気がする。知能ではなく、野性の勘と反射神経だけでサバイブするのだ。明けがた、ヴェルディのオペラにも、おふくろの電話にも飽きて、ようやく眠りについた。寝るのが極楽なんて、おれも堕落した大人になったものだ。

777

「おい、マコト、お客さんだよ」

不機嫌全開のおふくろの声で目が覚めた。おれの想像する限りワーストスリーにはいる目覚めかただ。布団を抜けだし、スエットのまま四畳半から玄関に顔をだす。ユキヤがひきつった顔で立っていた。顔色はまっ青。こいつはぜんぜん寝ていないのではないか。あるいは野外で短い仮眠をとっただけかもしれない。

「すまないけど、金貸してくれないかな。五千円でいい。なんなら、三千円でも二千円でもいいや」

おれは寝起きの髪をかきあげていった。

「理由は？」

やつは典型的な嘘つきのつねで、一瞬の迷いもなくいう。

「ちょっとうちのほうがトラブっていて、うちの子の幼稚園に支払う教材費が足りないんだ。ほら、ノートとか色鉛筆とか折り紙とかあるだろ」

「わかったよ。ちょっと近くのカフェにでもいこう」

「金がはいる予定ならあるんだ。Gボーイズのキングから、つぎのゴト師狩りを頼まれてる。今度はジャルディーノみたいな池袋ローカルじゃなく、全国チェーンだ」

日本の明るい未来をつくるとか、遊びから文化を創造するとか、口当たりだけいい空っぽのスローガンをテレビCFで流している大手の名前をあげた。中身が軽いほど見た目だけ立派になる。

おれたちの世界の皮肉だ。


ロマンス通りにでて、新しめのカフェにはいった。とはいっても、もう開店して十年はたってるけどな。おれが厚さ四センチはあるハニートーストを注文すると、やつもよだれを垂らしそうな顔で同じものを頼んだ。カフェオレが届くまえに、やつはいう。

「さっきの金の話、いいよね。できたら、今すぐもらいたいんだけど」

おれはゆっくり首を横に振った。

「いいや、金は貸さない。もう誰もおまえに金は貸さないだろう」

やつの顔色がくるくると変わった。疑り深くなったり、事態を恐れてみたり、怒りを爆発させたくなったり。最後にやつが選んだのは、薄い氷のうえでもわたるような慎重な表情だ。

「マコトさん、それってどういう意味なのかなあ。おれだって、そんなにあちこちから金なんて借りてないよ」

「あんたの奥さんが、このまえうちの店にきた。ルナっていう娘を連れてな」

完全に表情が空白になる。

「あんたがおれから金を借りてないか、心配してたよ。ルナが寝てしまったから、車で送ってやった。あんたの巣鴨新田の公団までな」

チッと舌打ちして、ユキヤがいった。

「だから、どうした？　いくらパチンコ打とうが、おれの自由だろ」

ハニートーストの皿がふたつ届いた。蜂蜜のやけに甘ったるいにおいがする。

「ああ、自由だ。おまえの部屋の扉はとり立て屋が書いた催促の貼り紙でいっぱいだった。ルナに見せないように、ミサトさんは全部自分のバッグにつっこんでいたよ。おまえの自由って最高だな。ギャンブル中毒のせいで、妻も子どももぼろぼろか」

ユキヤが洟《はな》をすすっていた。それでも手はハニートーストに伸びていく。ミサトと同じだろう。どんな屈辱も丸々二日分の空腹にはかなわない。

「おまえ、昨日なにかくったか。家には帰ったのか」

泣きながら手を蜂蜜でべたべたにして、やつは首を横に振った。おれのスマートフォンが鳴った。タカシからだ。

「ＢＧＭがかかってるな。朝からカフェか、デートでもしてるのか」

おれはハニートーストをがっつくガキに目をやった。うんざりする。

「かわいい女子なら、どんなにいいか。ユキヤだよ」

鼻で笑って、キングがいった。

「ギャンブル依存症から脱出させる男が見つかった。ほんものの名人らしい。いいか、名前は
……」

おれはテーブルのナプキンをとり、メモを始めた。クラウン電気第六営業開発部・山崎建夫《やまざきたけお》。年齢は四十八歳。クラウンといえば、東証一部上場の総合家電メーカーだった。

「普通の会社のサラリーマンが、副業でそんなことやってるのか」

「おれにもよくわからないが、そんなとこらしい。山崎はおまえに似てるそうだ」

四十八歳の一部上場企業の会社員と、おれが似ている？　よろこんでいいのか、悲しんでいいのかよくわからなかった。

「どういう意味だ」

「まず謝礼をとらない。それとギャンブル依存症で困っている人間を見ると放っておけないんだそうだ。昼でも夜でも駆けつける。マコトに似たお人よしだろう」

宮沢賢治だ。正直でまともな人間は無知な世間から馬鹿にされる。

「今日の午後、そっちにきてくれるように頼んでおいた。三時に東京芸術劇場二階のカフェだ。拘束しようがかまわない。ユキヤを連れていけ」

「わかった」

通話が切れた。そのあいだにユキヤは分厚いトーストをたべ終えていた。おれの分は冷たくて

かちかち。

「あんた、パチンコやめたいと思ったことないのか」

呆然《ぼうぜん》とした顔でやつはいう。

「何度もあるさ。死ぬ思いでやめたことだって、数えきれない。でも、おれはずっとパチンコで負け続けだった。一発大逆転するまでは、絶対やめられない」

満たされない人生の復讐のためにギャンブルにはまり、そこでさらにマイナスを背負う。おれたちが生きてる世界には毒いり蜂蜜みたいな甘い罠《わな》が無数にあるものだ。考えてみればアベノミクス相場だって半分似たようなものかもしれない。

「借金はいくらあるんだ」

「数えてないから、わからない。たぶん、八百万から九百万。一千はいってないと思う」

「そいつをすべてパチンコで逆転するのか」

ユキヤの声がひとまわりでかくなった。

「うるせえ、パチンコでつくった借金だ。パチンコで返せないわけないだろ」

なんとも愚かな話。

「あんたはそれでいいだろう。だけど、ミサトさんやルナちゃんはどうなるんだ。彼女は今のあんたと同じだったぞ」

ユキヤはおかしな顔をした。投げやりにいう。

「なにが同じなんだよ」

「何日もなにもたべていないようだった。まともに寝てもいないようだった。自分の分は全部娘にくわせていたらしい。おまえがパチンコで大逆転を狙っているあいだにな」

　今度は涙もなかった。白い灰のようになって、うなだれている。おれのスマホがまた鳴った。今度はおふくろ。めったに着信しないのに、やけにいそがしい朝だった。

777

「今いいところだから、あとでかけ直してくれ」

　おふくろにはまともな言葉などつうじなかった。ユキヤより数段迫力のある声が返ってくる。

「うるさい。いいか、ききな。十時になったらうちの店に、お客がくる。ギャンブラーを助けてくれる人だよ。東京一って話だった。このチャンスを逃したら、もうユキヤはギャンブルに殺されちまうよ」

　なんだかどこかできいたような話だった。おれは余裕たっぷりにいってやった。

「クラウン電気の山崎さんだよな。おれもあの人の評判はまえまえからきいていたんだ。こちらのほうでもアポとろうと思っていたよ」

　電話のむこうで、おふくろが目を白黒させているのがわかった。気分爽快。十時十五分まえ、おれたちはカフェをでて、店にもどった。

777

　店のまえに立っていたのは、黒いスーツに黒いネクタイを締めた中年男。アスファルトに落ちた影のようにひっそりとしている。右手にさげているのは、黒い合成皮革の書類カバン。最小限の音量で声をかけてみる。

「あの、山崎さんでしょうか」

ていねいにお辞儀をしてから、山崎がいった。

「はい、山崎でございます。そちらのかたがパチンコをおやめになりたいのですか」

さすがに一部上場は違う。恐ろしく慇懃《いんぎん》だった。ユキヤがあわてて、頭をさげた。

「三橋ユキヤです。パチンコはやめたいですけど、やめたらほかになにも残らないんじゃないかと不安でたまんないです」

「残るものはありますよ。わたしもあなたと同じギャンブル依存でした。病気だったんです」

驚いた。まったくそんなふうには見えない。おれはいった。

「じゃあ、その病気は治ったんですね」

賢いフクロウのようにゆっくりと首を横に振る。山崎がなにに似ているのかわかった。夜の森に溶けこむあの肉食鳥だ。

「いいえ、わたしは今もギャンブル依存です。治ってはいません」

ユキヤが肩を落とした。

「やっぱり無理ですよね。ギャンブルって、すごい力だから」

金を賭けて、自分の運と力量を占う。あるいはまだ見ぬ未来を、死にもの狂いで予測しようとする。きっと生きること自体のなかにギャンブルの要素があるのだろう。そうでなければ、普通の人間がここまではまるはずがない。山崎は微笑んで、また首を横に振る。

「それも違います。わたしは依存症ですが、もう十一年間パチンコを打っていません。一日一日をなんとか再発せずに生き延びています」

「どうやったら、そんなことができるんですか」

おれの質問にやさしくこたえてくれる。

「やはり最初は医者にいきましょう。ギャンブル外来に毎月かよいます。あとはわたしも参加している自助グループに毎週顔をだします」

「それから？」

「それだけです」

ユキヤが頭を抱えた。淡い春の日におぼろな影が歩道に落ちる。なぜだろうか、山崎の影のほうが輪郭がしっかりしているように見えた。悲鳴のような声でユキヤがいった。

「おれはあんたみたいに立派な会社で働いてないし、あんたみたいな人格者じゃない。それだけじゃ絶対に無理だ。もう人生の三分の一以上パチンコ打って生きてきたんです。なにかいい薬でもないんですか。のんだら玉を見るだけで吐き気がするとか」

山崎はまったく態度を変えない。穏やかに笑っている。おれはいった。

「どこかのカフェにでもいって話さないか。ここは人の目もあるし」

「だいじょうぶです。はずかしいことはなにもしていません。わたしたちがしているのは誰にでもかかる可能性がある病気の話です。お金だってもったいないじゃないですか。コーヒーをのめば、何百円かはかかってしまう。三橋さんはわたしを人格者だといいましたが、それは間違いです。わたしは最低の男です」

テレビでクラウン電気の本社ビルを見たことがある。品川駅の港南口に建つ地上四十階ほどのガラス張りのＩＴビルだった。おれが働く果物屋とは大違い。すこしばかりかちんときた。

「山崎さんの最低とこの街の最低は違うんじゃないかな」

「いいえ、これをどうぞ」

　黒革の名刺いれからさしだしたのは、クラウン電気の名刺だった。タカシからの情報のとおり第六営業開発部と書いてある。

「うちの会社にはもともと第五営業までしかありませんでした。その部署はリーマンショックのあとで緊急につくられたものです。フロアは窓のない地下室です。わたしたちは社外で就職先を見つけるか、社内で異動先を探すようにいわれています。今日の時間が自由になるのは、面接があると白板に書いてきたからです。わたしの所属はおおきな声ではいえませんが、追いだし部屋と呼ばれるところです」

　営業開発か。おれにはよくわからないが、ＳＥのユキヤはそれだけでなにかを了解したようだった。

「たいへんなんですね」

「いえいえ、会社には感謝しています。わたしは若いころ、パチンコでしくじりまして、それでも懲戒処分だけで会社においてくれた。首になってもおかしくないような失態でした。太い得意先を二本失くしてますから、これで」

　ハンドルをにぎる手つきをしてみせる。ほんとうに最低の暮らしをしているのかもしれない。そう思った。つぎの質問は家庭に恵まれているといいなと願ったからだ。会社ではダメでも、家では幸福ということもある。

「家族はどうしているんですか」

ユキヤが顔をあげた。この男も妻と子どものことを考えていないわけではないのだろう。

「妻には逃げられました。無理もありません。悪いのはわたしでした。義理の父には家を買うときに頭金をお世話になっています。その父の葬儀の翌日、香典を盗んでパチンコを打ちにいきました。そのときはなぜかすごくデジタルがまわって、大当たりがでました。つぎの日には結局全部すってしまうんですがね」

ユキヤがそっという。

「お子さんは?」

山崎は幸福そうに微笑んでいる。

「娘がいます。会ってはくれませんが、こづかいは受けとってくれます。来年は大学受験です。うまく第一志望に合格してくれるといいんですが」

「あー、もう嫌だ。山崎さんはおれと同じじゃないですか。会社は首になりそうだし、家族はばらばらだし、子どもの顔も見られない。なんにもいいことないじゃないですか」

ユキヤが泣きそうだった。おれもやつにうなずくことができない。だって、会社も家族も最低だ。山崎は正直なだけだった。おれは死んでも、この中年男と人生を交換したくない。

「そうでしょうか」

山崎が微笑んだまま口を開いた。

薄曇りの空から落ちる春の日は鳥の羽のようにふわふわと軽かった。

「わたしも、わたしの自助グループのメンバーも最低かもしれませんが、それでも三橋さん、あなたより幸福ですよ」

西一番街の騒音が遠くなる。アスファルトやコンクリートに染みいるのは、こういう声かもしれない。おれは山崎の声の調子に恐ろしい自信をきいた。

「あなたは今も、どうやって嘘をつこうか考えていますね。どうやって金をつくり、ギャンブルをしにいくか。成功は物と金をいかに手にいれるかだと、心の底で信じている。いつも自分を正当化して、相手のわずかな傷も許さずに責め立てる。ひとときも心が休まるときはない」

自業自得だろうと、おれはいいたかった。山崎はだが、おれなんかより一枚も二枚も上手《うわて》だった。

「でも、あなたが悪いんではありません。病気なんですよ」

ユキヤがぽつりといった。

「ほんとに、おれは病気なんですか。おれの病気は治せるんですか」

「ええ、一日一日あなたが死ぬまで、治していきましょう。三橋さん、想像してみてください。誰にも嘘をつかずに毎日を生きていけたら、どれだけ安心できるか。もう自分をおおきく見せることも、有能な振りも必要ないんですよ」

おれはギャンブルはやらない。だが、嘘ならときどきついている。山崎のいうような生きかたが、ほんとにできるならそれはどれほど「最低」でも、新しい幸福をみつけられるかもしれない。おれたちは誰もが「自分をおおきく見せる病」に感染しているのだから。

うちの二階に続く階段から、女の子の声が響いた。うれしげな足音が近づいてくる。

「……おとうさん」

やせっぽっちのルナだった。手には茶色い封筒をもっている。

777

幼稚園の年中さんは階段を駆けおりた勢いのまま、ユキヤの泥にまみれたジーンズにつっこんだ。くしゃくしゃの封筒をさしだす。

「おとうさん、お金がいるんだよね。これ、つかっていいよ。だって、新しいお仕事にいるもんね」

おれたちは呆然として、ユキヤを見ていた。四歳の子どもに嘘をつく病気。子どもの金をパチンコのためにまきあげるのだ。ユキヤはにらみつけるような顔で目に力をいれ、涙を見せないようにしている。ルナはうれしげだった。

「昨日の夜、おとうさんがいないから、ルナ泣いちゃったよ」

封筒には教材費と書いてあった。

「ユキヤ、そいつは……」

ルナがおれに気づいていった。

「だいじょうぶだよ。色鉛筆とか折り紙とかなくても、わたしは平気。みんなが図工してるあいだ、園庭で遊ぶからだいじょうぶ。おとうさんにあげる……だから」

ユキヤが娘の頭をなでた。ルナはもう隠さずに泣いている。

「だから、おうちに帰ってきて。ルナもおかあさんも、おとうさんがいないとさびしいよ。おとうさんに会いたかったよ」

うちの階段からミサトがやってきた。うしろにはおふくろが顔をのぞかせている。娘をはさむようにミサトとユキヤが歩道の端に立った。

「あなた、お願い。これが最後のチャンスだと思って……」

ユキヤが妻をさえぎっていった。

「わかってる。山崎さん、おれの病気を治してください」

追いだし部屋の会社員はうなずいた。

「わたしじゃありません。三橋さん、あなたが自分で治していくんです。ご家族といっしょに」

それからおれたちは一本百二十円の缶ジュースで、西一番街の路上で乾杯した。まだまだデフレの池袋にはぴったりのパーティだ。嘘をつかずに生きる。自分をおおきく見せずに生きる。おれはあの日から、その言葉を何度も考えてみた。だが、今も毎日嘘をついて日々をやりすごしている。山崎のような幸福を、いつかおれも見つけられるのだろうか。

笑いながら、自分は最低の人間だと宣言できる日がくるのか。

それがおれの一生のテーマだと思っている。

ユキヤは依存症治療では定評があるという目白の精神科クリニックに通院するようになった。あまりにも不安になると向精神薬をのむそうだ。ギャンブル依存症の自助グループには、週に二回のペースで参加しているという。

借金は任意整理をすませ、月に三万円ずつ返しているそうだ。あと二十年くらいは楽にかかりそうだが、やつはあせっていない。まあ、今後は新しい借金が増えていかないのだから、それは当然の話。

初夏を迎えた西口公園で、やつとルナと会ったことがある。今ではユキヤのジーンズには泥はついていない。シャツも毎日着替え、風呂にもはいっているそうだ。

「山崎さん、すごいですよ。あの人のまわりにいる人は、どんどん病気が治っていく」

ベンチに腰かけて、ユキヤはいう。

「今のまま一年間ギャンブルをやらずにいられたら、山崎さんのように依存症で苦しんでいる人を助ける仕事をしようと思います」

なんだかおれをゴト師狩りに誘っていたやつとは別人みたい。

「なあ、嘘をつかないで生きるって、どんな感じ」

ルナはおれのとなりで、ピンクの千代紙で鶴を折っていた。空をいくのは春のやわらかなヒツジ雲。

「落ち着いてますよ。自分の心がゆっくりと流れて、変わっていくのがわかるくらい」

おれはユキヤから目をそらし、ウエストゲートパークの狭い空を見あげた。あの雲の形が変わるのを眺めるように、おれは最近自分の心をきちんと見つめたことがあっただろうか。空はいつでもおれたちの頭上にあるのに、ゆっくり見あげる者は誰もいない。ユキヤがいった。

「なにかおかしなことといいましたか」

いいやとおれは返事をした。きっとおかしいのは、自助グループにかよっていないすべての人間たちのほうに違いない。

「ユキヤが誰かを助けたくなったら、まっ先におれに声かけてくれよ」

「だってマコトさん、依存症じゃないじゃないですか」

「いいから、おれの病気も治してくれ」

おれたちは繊細で優雅な二十一世紀の人類だ。ギャンブル依存でなくとも、誰もが無数の病気を抱えているに違いない。なあ、あんただって、すぐに自分の病気の二、三は症例をあげられるよな。嘘つきで、見栄っ張りで、攻撃的で、自己中心的。自分は完璧なはずなのに、それでもぜんぜん安らげない。不安は心を去らず、やめたいのに他者への攻撃を抑えられない。わかるよ、あんたもおれと同じなのだ。

根本治療はむずかしくとも、あんたも病気とともに心安らかに生きられますように。池袋のほこりっぽい街の片隅で、ユキヤやルナといっしょにおれも祈ってる。

同じ病を生きる仲間としてね。

西池袋ノマドトラップ

街でノマドは暮らせるのだろうか？

遊牧民《ノマド》といえば、羊を連れて広大な草原を旅する非定住生活で有名だ。ときに連合して大帝国（チンギス・ハーン！）をつくったが、ほとんどはお天気まかせ、草まかせの流浪の旅をゆるーく続けてる。そんな生活で欠かせないのは、ウマとヒツジとゲルくらいのもの。キャッシュカードも、携帯電話も、テレビもいらないのだ。まあ、確かに満天の星のもとでの天幕暮らしには、誰だってすこしはあこがれるよな。もっともお決まりのグローバル化（新興国では富裕化）が進行して、いまや本格的な遊牧生活は風前の灯《ともしび》なんだとか。つぎにやってくるのは来月の家賃と来年の年収を心配しなければならない文明化されたつまらない定住生活。

世のなかよくしたもので、どこかでなにかが滅ぶなら、別などこかで新しく似たものが生まれてくる。だいたいはフェイクで、すこし本家より安っぽくなるんだけどね。モンゴルの平原で消えそうなノマドライフが、二十一世紀の東京では花盛り。

東京ノマドたちのあいだで、ヒツジやゲルの代わりになる生活必需品は、アップル。

マックブックにアイフォーン、モバイルのＷｉ－Ｆｉルーター、そして非純正品だが使い勝手がいい外部バッテリーＨｙｐｅｒＪｕｉｃｅなんか。栗毛のアラブ馬と比べると、ぜんぜんロマンチックじゃないし、イケてないよな。

やつらは緑豊かな草原の代わりに、電源豊かなカフェや図書館をさまよい、こまごまとしたＩＴビジネスを黙々と片づけていく。オフィスはない、会社に籍をおかない、自由なデジタル労働者だ。本場モンゴルと同じように、生活は決して豊かじゃない。このごろのニッポンでは自由と豊かさは反比例するのだ。

地獄のように暑かったこの夏、おれが出会ったノマドワーカーは、それでも夢と希望はたっぷりもっていた。自由な働きかたを自分でつくりだし、いつか年収一億円なんてね。

まあ、その夢の実現の過程で少々違法なビジネスに加担していたのは、ご愛嬌。正しいことをやろうとして、ときどきグレイゾーンに落っこちる。そいつはおれの住む池袋じゃあたりまえの話。

さあ、デジタルノマドの奮闘記を始めよう。そのへんに転がってる自己啓発本なんかよりは、ずっと血も肉もあるストーリーだ。なんたって、北東京一凶暴な悪魔の兄弟も登場するし、書いてるライター（おれのこと）の腕も、すこしはまともだ。

もっともあの手のビジネス書もどきの内容の薄さは、最新型ポリウレタン製コンドーム（０・０２㎜！）も真っ青で、はなから勝負にならない。おれの圧勝だ。

またもや、おかしな夏だった。

地球温暖化以降、まともな夏はもう期待薄なのだろうか。日本列島は西でも東でも連日三十五度を超える猛暑が続き、なぜか九州、中国、中部では一時間百ミリの猛烈な豪雨がとまらない。反対に東京はぜんぜん雨のない夏で、打ち水をした店のまえの歩道も数分で元通りからからに乾いてしまう。池袋では誰もが幽霊のようにふらふらになって、午後の日ざしのなか汗をしぼって歩いていた。濡れたゾンビみたい。

そういうおれも店番では汗のかき放題。

うちの店にもいちおうエアコンはあるが、周囲を囲む壁やガラスはない。奥のレジの近くだけ、わずかに涼しいというくらいのもの。足元に扇風機をおいても、熱風をかきまぜているだけだった。

この夏、おれを困らせていたのは、地元のギャングの出入りでも、誘拐身代金事件でも、新型ドラッグの流行でもなかった。もの書きにとって最悪の敵。締切だ。なにせ、デッドラインの直前になっても、まったく題材が決まらない。おれが書いているようなノンフィクションのコラムの場合、ネタがないほど困ることはない。東京がからからに渇いているように、おれもネタ切れに徹底的に追い詰められていた。熱帯夜で眠れなくなるくらいの切迫感。

ほんとに困ったとき、あんたならどうする?

おれの場合、そのこたえはいつだって同じだ。

あてどなく、果てしなく街をうろつきまわる。ほんとのノマドは、おれのほうなのかもしれない。

締切まであと五日という夕方、おれは西池袋をぶらついていた。デジカメとレコーダーと手帳代わりのスマホはポケットのなか。このところ西池袋は再開発がすすみ、高層マンションがレゴブロックの遊園地のように乱立している。

遊園地の一階に見たことのない店を見つけた。カフェのようでも、オフィスのようでもある。

「ザ・ストリーム」。店名のロゴの横にはコワーキング・スペースと英文ではいっている。工業高校卒のおれの英語力ぎりぎりの英単語。いっしょに働く空間ってなんだろう。

ネタに困っていたおれは、重いガラスの扉を押した。

仮に変わり種のカフェでも、コーヒー一杯の損失なら軽いもの。

「うちに登録してる？」

店の若い男は最初からタメ口だった。白シャツに整えられたあごひげ、したはロールアップしたジーンズだ。素足にローファーが涼しげ。

「えっ、会員制なのかな、この店」

「おたく、ここがなにをするとこだか、わかってる？」

「初めてだから、ぜんぜんわからない」

やつはおれの手元をちらりと見た。うちのすぐそばだからな、当然おれは手ぶらだ。

「ここはコーヒーをだす店じゃなくて、働くところ。おたくはパソコンももってないよね。うちにきてもしょうがないんじゃないの」

大テーブルがふたつと、壁際には幅の広いカウンターがついている。椅子の数は二十近くあるだろうか。二組ほどなにか話していた。男のいるカウンターには、ぴかぴかのエスプレッソマシンもおいてある。どう見ても普通のカフェだった。おれはなぜかインテリには見えないらしい。とっておきの手をだした。おれが連載してるストリートファッション誌の名刺だ。信じられないかもしれないが、おれの肩書は「コラムニスト」。果物屋の店番じゃない。

やつはおれの名刺を受けとり、目をやると顔色を変えた。水戸黄門の印籠みたいだ。

「あの雑誌なら、うちもとってますよ。真島さんって、『トーク・オブ・タウン』のライターさんだったんだ。ぼくも読んでますけど、もっと年上の人かと思ってました」

いきなり丁寧語に変わっている。おれは最大限の笑顔を固定した。

「コラムに書くネタを探していて、ここを見つけたんだ。先月にはなかったよね。ちょっと取材させてもらっていいかな」

「大歓迎です。ここは開いて三週間もたってないです。うちはノマドワーカーのためのスペースなんですよ」

ノマドワーカー。遊牧民のような働き手？

「貸事務所みたいなものかな」

「ちょっと違うんですよね。店のなか案内しますよ。まず、ここが人と人のつながりを広めるためのフリースペース。ノマドはみんなフリーランスですから、ここで横のつながりをつくって、仕事の幅を広げてもらいます」

おれたちがいるのはカフェみたいなところだった。あごひげはカウンターを抜けて、奥の壁にむかう。そのむこうは図書館の閲覧室みたいに細かく区切られた机でいっぱい。広さはフリースペースと同じだった。おしゃべりはきこえない。キーボードをたたくパチパチ音だけ。

「で、こっちが電源と電波を用意したワーキングスペースです。うちの会員になるには、入会金が千円。あとは一時間百円で、つかい放題です。冷蔵庫や自動販売機もありますよ」

なるほど、フリーの人間が自分の家でなく、こうした場所で働いて、何人かマンパワーを集めて仕事を請けたりするのか。おもしろいものだ。

「みんな、パチパチしてるけど、ＩＴ関係が多いのかな」

おもちゃの箱詰めや金具の加工といった内職をしているやつはひとりもいなかった。

「悪いんだけど、誰かノマドの人を紹介してもらえないかな」

やつは親指を立てて、よろこんだ。

「やったー、うちの店のことをコラムに書いてもらえるんですか。ちゃんと店の名ものりますよね」

「ああ、のるよ」

たいして売れていない雑誌だが、それでもよろこんでもらえるようだった。どれほどの訴求力があるかわからないのに、メディアのマジックだよな。

やつはすこし考えるといった。

「じゃあ、うちの常連さんでいい人がいます。あと二十分もしたら、くると思いますんで」

「わかった。ちょっと待たせてもらうよ」

おれはフリースペースにもどり、メモをとり始めた。コワーキング・スペースの特徴、店のマスターのフレンドリーさ、机や椅子の造りなどなど。

会社くさくも、ビジネスらしくもないところに、おれは好感をもった。


「ちわーす」

店にはいってきたのは、赤い短パンに白いポロシャツの小柄な男。ハットは高価そうなパナマ帽だった。マスターが声をかけた。

「レオンさん、こちらがさっきメールしたコラムニストの真島さんです」

やつはさっとパンツのポケットから、名刺をとりだした。汗で湿って、やわらかだ。樋《ひ》口《ぐち》玲音。レオンか、今どきこれくらいならキラキラネームとはいえないだろう。

「レオンって呼んでください。ぼくもマコトさんでいいよね」

にこりと笑う。やけに前歯が白かった。ホワイトニング済みなのだろう。芸能人は歯が命というのは、ずいぶん古いけど、どこか危うさを感じさせる。

おれたちは大テーブルの角に席をとった。ダブルのエスプレッソは店のおごり。普段は実費の百五十円をのむたびに払うらしい。マスターがカップをおくときにいった。

「そういえば、目白駅まえの『ホワイトベース』で、嫌がらせがあったらしいね」

目白ならおれの縄張りだ。だが、そのトラブルについては、なにもきいていなかった。レオンが一瞬苦しげな顔をした。

「そうみたいだね。あそこは雰囲気いいし、駅まで一分とかからないから、ぼくもよくつかってた。おかしなことするやつらがいるんだよなあ」

ため息をつきそうになる。レオンはそこでも常連なのだろう。

「そのホワイトなんとかも、ここと同じような店なのか」

店長がいった。

「コワーキング・スペースは、港区とか渋谷区で生まれたんだよ。二十三区の北側だと、『ホワイトベース』が走りじゃないかな。開店して、もう一年はたってるから」

「なにをされたの？」

店舗への嫌がらせというと、おれにもいろいろと経験がある。生ゴミをまかれる、スプレイの落書き、ネットの黒い噂。ぶるっと一度震えて、店長がいった。

「電源を落とされた」

「あれは、ひどいよな」

バラバラ殺人でも起きたみたいに、レオンも顔をしかめる。おれは今ひとつ実感がなかったけれど、話をあわせた。

「電源って、どうやって落としたんだろう」

店長は立ったままトレイを脇のしたにはさんでいる。空手チョップのように手を振り下ろした。

「あの店は一軒家だから、電柱からの引きこみ線を大型のペンチかなにかでバッサリやられた」

レオンがいった。

「営業中に？」

「そうだ、ひどい話だ」

がまんできなくなって、おれは質問した。

「あのさ、停電がそんなに大惨事なのかな」

「それはそうだよ。みんな作業中なんだ。パソコンで仕事してて、いきなり電源が落ちたらデータが飛んでしまうだろ。その日の分だけならまだいいけど、ハードディスクやファイルごとクラッシュしたら目もあてられない」

そういえば、おれも上書き保存するときに、パソコンがいかれて、コラムが丸々消えたことがあった。まあ、原稿用紙四枚（日数にして三日分）くらいだから、たいした損害ではないが、あれは相当なショックだった。おれはいった。

「誰がやったかわかってないのか」

店長は肩をすくめた。

「警察が調べてるけど、ぜんぜん進展がないらしいよ」

それはそうだろう。なにも盗まれてないし、怪我人や死人もでていないのだ。たぶん事件は目白署のファイルに記録されて、おしまいになるはずだ。警察もそんなにひまじゃない。

「犯人のほうから、そのホワイトなんとかに脅迫とかなかったんだ」

店長にそういうと、なぜかレオンが顔をそむけた。

「あの店のオーナーは顔見しりなんだけど、そういうことはなかったって。地元の人間とトラブルを起こしたこともないし、こっちのほうは目白はそうでもないから」

頬を切る仕草をした。池袋と違い、目白では組織がうるさくはない。高級住宅街で、学生街だからな。おれは店長と話しながら、レオンの表情をそれとなく観察していた。目が泳いでいる。こわばった顔でおれの背後の外の通りに面した窓を落ち着かなげにチェックしていた。店長が最後にいった。

「まあ、うちには関係ないと思うよ。電源を落とすなんてやり口だから、きっと頭のおかしな会員ともめごとでもあったんだろう。ノマドはみんなパソコン相手にひとりで仕事してるから、ときどき変なやつもいる」

声をさげて、共犯者の笑いを見せた。

「いかれたやつでも客だから、帰れともいえないんだけどね。じゃ、ごゆっくり、どうぞ」

店長はカウンターにもどった。というか、カウンターにおいてある自分のパソコンのまえにもどった。ネットでなにかを見ている。なぜだろうか、パソコンのまえに座る人間って、妙に退屈そうに見えるよな。

おれはレオンに取材を開始した。

コラムを書くまえに、ひととおりノマドワーカーの生活がどんなものか、頭にいれておきたい。まあ、ほとんどは捨ててしまう情報だが、そいつがないとコラムも締まらなくなるのだ。

「ノマドって、フリーランスなの？」

「まあ、だいたいは個人事業主かな。何人かで集まって、会社にしてるやつもいるけど」

「で、街のあちこちで仕事をするんだよね。たとえば、どんなとこ」

レオンの目が背後の窓から、おれにもどった。やつはなにを気にしていたんだろうか。流れるように、おれが初めて会ったノマドワーカーはいう。

「カフェやファストフード。図書館もいいね。電源席もあるし、二時間はたっぷりつかえる。もちろん、ここみたいなコワーキング・スペースも問題ない」

「おれは自分の部屋で仕事するんだけど、なんでそうしないのかな」

それが最大の疑問だ。なんだか引きこもりの反対のようにも思える。出っぱなしで仕事をする遊牧民。

「ぼくの部屋は六畳くらいしかないし、ベッド以外はなんにもないんだ。狭くて、とても仕事なんてする気にならないよ。自分の部屋で仕事してて、いいアイディアなんて浮かばないよね」

そいつにはおれも賛成。まあ、外にいってもいいアイディアはなかなか見つからないが。

「一日のスケジュールなんてあるのかな」

「いそがしいとき、それともひまなとき、どっちがいい？」

フリーランスなのだ。ひまなときはとことんひまだろう。そちらはおれでも想像はついた。

「飛び切りいそがしいときがいいな」

レオンがにやりと笑った。ハットのつばをあげて、目を丸くする。

「ひどいときは三日も四日も部屋にはもどらないな。朝一でファストフードにいって、朝メニューで軽く飯をすませて、仕事しながら充電する。昼はコンビニ弁当を公園かどっかでくって、午後はスタバか図書館で仕事。夜は二十四時間営業のファミレスでまた仕事。朝方にちょっと仮眠とるだけで、つぎの日も同じことの繰り返しだよ。二日目まではいいけど、三日目以降はぼろぼろになるね」

ハードボイルドな感じで、ふっと息を吐いて笑った。やさぐれノマド。おれはスマホのレコーダーを確認した。こいつをもつようになってから、ＩＣレコーダーは不要になった。いつか人間も不要にならなければいいんだが。

「なんだか、たいへんな働きかたなんだな。ノマドって、そんなに厳しいんだ」

レオンはつまらなそうな顔をする。

「新しい働きかたなんて、メディアがいうのはほとんど幻だよ。ＩＴ仕事のどん底で、低賃金の骨折り作業を大量にこなさなくちゃ生活していけない。優雅なノマドなんて、全体のほんの一割くらいじゃないかな。あとはみんなぼくと変わらないと思う」

ＩＴのどぶさらいと、果物屋の店番。どちらがいいのか、悩ましい問題だ。低賃金は共通してるけどね。

「あのさ、仕事の内容って、どんなのかな」

「仕事の柱はふたつあって、ウェッブの更新とアフィリエイト」

おれはネットはあまり好きじゃない。ウェッブの更新はわかるが、アフィなんとかはわからない。バカみたいな質問をくりだす。

「どっちもそうとうたいへんなの？」

レオンは嫌いな虫でも追い払うように手を振った。

「ぜんぜん。更新は頭もアイディアもいらないのがほとんどだし、アフィリエイトにはこつがあるんだ。どうしようかな、マコトさんに話してもいいかな。こいつはけっこう企業秘密なんだけど」

おれはもったいぶった話しかたをするやつが大嫌い。いわなくていいといいそうになったが、ぐっとこらえた。いいコラムには忍耐も必要だ。

「あのね、ネットを熱心に見てるのは、どんな人間だと思う？」

自分の人生が充実していれば誰もネットなんか見ない。

「ひまな人間かな」

「それだけじゃない。あともうひとつ大事な形容詞がある」

ちっちっちっ、人さし指の先を振る。インチキ手品師みたい。

「ひまで、バカな人間だよ。日本で一番人気のネットのトピックは、芸能界のクズみたいな噂なんだ。アフィリエイトは自分のブログに広告をのせて、見にきた人数におうじて収入を得る仕組みだ。ぼくは狙い目をふたつにしぼってる。そいつらが一番熱心にネットを見てるから」

ため息をつきそうになる。ネットは人類が創造した最良の集合知のネットワークだったはずだ。それが芸能界の噂でいっぱいか。

「芸能人の噂ブログとあとはなにが稼ぎ頭なんだ」

「ネット右翼を煽《あお》るブログだよ。どこどこのテレビ局が韓国に肩いれしてるとか、ある商社が中国から資金援助を受けているとか、適当に書き散らせばいい。ネトウヨはいつもあちこちのサイトをのぞいてネタを探しているから、必ず見てくれるんだ。こちらは数字を稼いで、大手のネット通販なんかからアフィリエイト収入をもらえる。いいビジネスだよね」

レオンは鼻高々。最近の金もうけって、なぜこんな調子ばかりなんだろうか。

「反日のデマを見たネット右翼は、そのあとどうするんだ」

賢いアフィリエイターはにこにこと笑っている。

「あとのことなんかしらないよ。ネトウヨは純真だから、勝手にテレビ局や商社に抗議をするんじゃないのかな。こっちには関係ないけど」

この質問をしてもいいのだろうか。おれは気軽な感じを装ってきいてみた。

「そうやって、芸能界の噂とか反日デマを流して、アフィリエイトでいくらくらいの月収になるのかな」

そのときだけレオンは真剣な顔をした。腕を組んでいう。

「うーん、がんばってあれこれ書き散らしても、月十万くらいかな」

けっこうな金額だ。だが、それだけで暮らせるほどの収入ではない。よかった。いいかげんな噂を垂れ流すだけで、月に数百万にもなるようならネットはもうおしまいだ。そこまでアフィリエイトも荒れていないのだろう。

「じゃあ、さっきのウェッブ更新とあわせて、月に二十万とすこしくらいって感じかな」

「マコトさんは鋭いね。だいたいそんなものかな」

それではアルバイトや非正規ワーカーと変わらない年収だろう。ノマドにもこの世界は厳しいということか。これだけネタが集まれば、一回分のコラムには十分だ。礼をいって、自分の部屋でデータ原稿をまとめたほうがいいかもしれない。

「だけど、ぼくはこのまま年収二、三百万で終わるつもりはない。リッチなノマドになって見せる。あともうひとつ切り札があるんだ」

レオンはつぶらな目を光らせている。誰でもできるＩＴジョブの底辺から成りあがる秘策か。興味をそそられてきいてみる。

「へえ、宝くじをあてる以外に、うまい手があるんだ」

やつは自信まんまん。ごそごそと足元のデイパックを探った。

「まあね。でも、今回は教えない」

やつの手には薄手の本が一冊。おれにさしだしていう。

「これ読んでみてよ。あげるからさ。そのあとで、もう一度取材をしてほしいんだ。その人がぼくのあこがれの人だから」

怪しい宗教でないといいなと思い、本を確かめた。きいたことのない出版社からだされたビジネス書だった。表紙には長髪の日本人が黒いタートルネックで登場している。世界中にあふれるスティーブ・ジョブズもどき。本のタイトルは『わたしが12時間で3億円稼いだ方法』。なんだか怪しい。著者名は、堂上常樹《どうがみつねき》。これもきいたことがない。

レオンがスマホの時計を見た。

「そろそろ、今日の分の仕事やらなくちゃ。なにかあったら連絡して。マコトさん、コラムかっこよく書いてね」

「いろいろおもしろい話、ありがとう。原稿には全力をつくすよ」

かっこいい生きかたをしてるやつなら、おれがなにも飾らなくとも、かっこよくなるだろう。文章というのは、そういうものだ。やつはデイパックを肩にかけると、奥の作業スペースにいってしまった。こちらで打ちあわせや取材をして、むこうでパソコン仕事ができる。コワーキング・スペースというのも、案外便利なものだった。

おれもノマドになった気分で、今度登録してみようかな。


夏の夕方は明るい。

おれは夕焼けの線路沿いに歩いて、目白までいってみた。ＪＲの駅をおりて左手に急な坂道がある。その途中に「ホワイトベース」があった。白塗りの山小屋みたいな造りで、シュークリームでもでてきそうな雰囲気だが、店できくとコワーキング・スペースだという。店番をしていたのは、オーナーではなく常連客だった。

おれが雑誌の名刺をわたして、切れた電線を見せてくれというと、気安く店の裏に案内してくれた。電柱から伸びる電線には今は金属製のコイルのようなものが巻いてある。

「ずいぶん高いところなんだなあ」

電柱から分かれた電線は三メートル半ほどの高さだった。かんたんに切れそうにもないし、事前に準備をしなければ無理だろう。

「この店ではなにかトラブルが起きたことがあったのかな」

「きいたことないけど。ここはそんなにやばい人がくるところじゃないから」

礼をいって帰ろうとすると、やつもおれに名刺をくれた。よくわからないが、ノマドワーカーは妙に横のつながりをありがたがるみたいだ。こんな取材をしていたら、おれの名刺はすぐになくなりそう。


その夜はアレクサンドル・ボロディンの交響詩『中央アジアの草原にて』をききながら、データ原稿を起こした。うちにCDがなかったから、ネットのダウンロード版だ。おれもやわになったものである。

　ボロディンはロシア国民楽派の五人組のひとりで、本業は医者兼化学者。音楽は余技で、自分のことを日曜作曲家と呼んでいたらしい。日曜画家、日曜小説家、なんだか日曜がつくとどんな仕事でも優雅に感じられるから不思議だ。まあ、日曜店番はぜんぜんいかしてないけどな。化学者の書いた曲だから、おもしろみがないなんて大間違い。ボロディンの音楽はカラフルで、とてもききやすい。おすすめだよ。

　レオンの話を原稿にまとめ終えたときには、真夜中をすぎていた。驚いたことに深夜十二時をまわっても、気温は三十度を切らないとニュースではいう。エアコンを二十七度に設定して、やつからもらった本を読んだ。

　これがくそおもしろくもない、薄っぺらな文章の詐欺みたいな代物。

　おれはあきれると同時に、深刻な気分になった。これがノマドワーカーの多くのあこがれなら、日本人の勤労意識も職業倫理も終わりだ。

　脇道になるが、せっかくだからこの詐欺師がどんな方法で「12時間で3億円稼いだ」か書いておこう。

ここには残念ながら、ネットビジネスの貧しい本質がでているからな。

堂上が売っているのは、情報商材と呼ばれるものだ。

正直なところ、おれにはこの単語の意味がよくわからない。やつが売りだしたのは「一年以内に結婚できる絶対恋愛成就法」という、やっぱりよくわからない商材。ちなみに堂上本人はまだ独身の三十代だ。

やつはあちこちの恋愛マニュアル本から、これはつかえるというアイディアを集め、自分なりのマニュアルをつくった。おれが本を読んだ限りでは、堂上は恋愛にも結婚にも興味はなさそうだが、それでも平気だった。金になりそうなら、題材などなんでもいい。

そこからネットで徹底的な宣伝活動を開始する。ツイッターやフェイスブックをつかい、アフィリエイトをつかい、メールアドレス生成ソフトをつかってでたらめにメールを送る。三カ月後のある日、十二時間限りで絶対恋愛成就法を売りだすと宣伝したのだ。夏まではまだすこし間がある五月のある休日の午後、やつは情報商材を売りにだした。

深夜十二時までに申しこんだ買い手の数は、十万人とすこし。一部三千円だから、売上は三億を超えた。

それが堂上が本にして自らを讃《たた》えるネットビジネスの偉業だ。

金が動いたということ以外で、ここになにか人間の仕事があるのだろうか。おれは思うのだけれど、ネットに限らずおれたちのビジネスはだんだんとレベルが低くなっていないだろうか。

自分よりも程度の低いやつなら、いくらだましてもかまわない。だまされるほうがバカなのだ。仕事の内容がいくら薄くて浅くとも、売上がすべてを決定する。この方法に一番近いのは、オレオレ詐欺だと思うのは、おれだけだろうか。

嫌な気分になったので、おれはボロディンをききながら、ふて寝した。

つぎの朝も引き続き、憂鬱だった。

しかも、朝十時の時点であっさりと三十三度を記録している。おれはトラックにひかれた空き缶みたいにへたばって、池袋西一番街で店番をしていた。不幸の電話はいつだって最低の気分のときにやってくる。

「マコト、きいたか」

ブルーハワイのフラッペみたいに耳に冷たいタカシの声だった。

「なにもきいてない。おれたちの世のなかは最低だ」

ふんっと池袋のガキの王が鼻で笑った。

「おまえに教えてもらわなくとも、ずっとこの世界は最低だ。襲撃事件があった。店の名は『ザ・ストリーム』。西池袋にある、なんだっけな」

おれは記憶力に欠けた王を助けてやった。

「コワーキング・スペースだろ」

「ああ、そうだ。なんで、マコトがしってるんだ」

「おれが生まれついての都市のノマドだからだよ」

反応がなにもない。きっとタカシはスマホを耳から離しているのだろう。庶民の冗談は汚らわしいのかもしれない。

「すこし黙れ。いいか、『ザ・ストリーム』が襲撃されて、店のガラスが割られた。店内に投げこまれたビニール袋はアンモニアでいっぱいだったらしい。出入り口の扉には『つぎは火だ』と殴り書きされていた。ここまで、いいか」

頭のなかにメモしていく。こちらのほうがスマホよりもぜんぜん安心だ。

「警察に被害届もだしているが、店のオーナーはGボーイズに相談にきた。その場にいたガキが犯人を目撃している」

おかしな話だ。それなら素直に警察に証言しにいけばいい。

「目撃者は絶対に警察にはいかない。やつが見たのは、黒いタンクトップで、右腕だけにびっしりと鋼鉄のチェーンを刺青した男」

おれはため息をついた。それでは絶対に警察にはいけないだろう。やつのやることはめちゃくちゃだ。目撃者の口を封じるくらいなんでもない。

「高梨《たかなし》の弟のほうか」

「そうだ、ツインデビルだ」

高梨兄弟の悪名は小学校のころから始まっている。子ども同士のケンカで、相手を何カ所も骨折させたのだ。練馬の中学時代には、昔ながらの『男一匹ガキ大将』スタイルで、近くの中学校をつぎつぎと制覇していった。ただケンカが強いやつなら、ほかにもいた。だが、高梨兄弟は負けると相手の家に夜でものりこんでいく。時間も場所も獲物も選ばずに、勝つまであきらめない。心を折るまで、徹底的に闘うのだ。

兄の裕康《ひろやす》が頭脳と作戦担当で、弟の友康《ともやす》が強襲と暴力担当。友康は一時暴力団にスカウトされたが、危険すぎて放りだされた。十代の半分を少年院ですごしたのだから、無理もない。規格外の悪魔では組織暴力団でさえ飼いならせない。

「あんな危ないやつ、どうするつもりだ」

ツインデビルに手をだすなら、いつも背後を気にして、夜も安心して眠れないだろう。タカシは高原を吹く風のような冷たい声でいう。

「そろそろおれたちの庭を掃除しなけりゃいけないと思っていた」

「高梨兄弟と戦争するのか。タカシ、正気か？」

王さまはまたも余裕だった。

「被害を最小に抑える方法を、おまえが考えろ、マコト。おまえのことをコワーキング・スペースのオーナーも話していた。腕のたつ優秀なコラムニストなんだろ。悪魔を仕とめる罠をつくりだせ。やつらがこの街に帰ってこないようにな」

おれは暴力が大の苦手。だが、ツインデビルをはめる罠なら、仕かけがいがある。やつの真っ黒な右手にくいこんで離れない鋭い鉄の罠。

「わかった、やつを骨までくってやるよ」

通話を切った。おれはボロディンの交響詩のテーマをハミングしながら、店番にもどった。ツインデビルをはめる罠。そいつを考えだすには、もうすこしコワーキング・スペースを探らなければならないだろう。そのとき、なぜか、おれの頭のなかににやにやとネットの間抜けたちを笑うレオンの顔が浮かんだ。

あの男は「ザ・ストリーム」でいったいなにを恐れていたのだろう。


おれはうちを飛びだした。

おふくろがおれの背中にむかって、巡航ミサイルに似た罵声《ばせい》を何発か撃ってきたけれど、気になんかしない。おれのナイーブな心は安全な地下深く埋めてあるからな。

鉱物のように青い夏空のした、おれが速足で目指したのは「ザ・ストリーム」だった。池袋西口のおしゃれなコワーキング・スペース。現場はすぐに踏んでおかなくちゃいけない。ビルの一階正面のガラスは完全に砕けていた。幅は四メートル、高さは二メートル五十くらいだろうか。四隅に割れた残骸が残るだけ。カフェのようなコミュニケーションスペースのほうだ。まだ黄色い規制線が張られているが、破片はもう片づけてあった。

メッセージはガラスの自動ドアに赤いスプレイで残されていた。

「つぎは火だ！　おまえ、わかってんな？」

いちおうスマホで現場写真を撮っておく。休業中のようだが、ドアをノックして大声をだした。

「誰かいないか、誰か」

作業スペースとの間仕切り壁から、恐るおそる店長が顔をのぞかせた。いつでも警察に通報できるようにだろう。スマホを耳にあてている。

「なんだ、真島さんじゃないですか。驚かせないでくださいよ」

ガラスの壁が割れているので、いくらでもなかにはいれるのだが、おれは店長が自動ドアの鍵を開けてくれるまで待った。立入禁止のテープをくぐり、割れたガラスを越えるのは、文明的じゃないからな。

店長は大テーブルの角におれを案内して、エスプレッソをいれてくれた。

「昨日、取材をさせてもらったばかりなのに、びっくりしたよ。誰か恨まれてる相手とか心あたりはないかな」

衝撃を受けると、一日で人の顔は変わるようだ。店長の頰はナイフで削《そ》いだようにこけている。

「それもコラムに書くの？」

「いや、そんなんじゃない。ただの好奇心だよ。昨日の帰りにおれはホワイトベースにもいってみたんだ。誰かに切られた電線には金属のコイルみたいなやつが巻いてあった。あそこの店だけなら、ただの悪質ないたずらかもしれない。でも、短期間に目白と池袋で連続して、コワーキング・スペースが襲撃された。こうなると、なにか裏があると誰だって思うよな」

おしゃれな店長は憮然《ぶぜん》とした顔をしている。あごひげを神経質につまんでいた。

「それは警察の人にもきかれたけど、ぜんぜん心あたりがないんだ。訳がわからない。うちの店の売上なんて、たいしたことないのに」

個人営業なのだろう。泣きがはいるのも無理はない。

「誰にも脅されたりしてないんだ」

「ないよ。せめて、ガラスを割るまえに相談してほしかったね。保険にはいっておいたのに」

「じゃあ、メッセージのおまえってのも……」

「ぼくのことじゃないと思う。仮にぼくだとしたら、ぜんぜん意味がわからない」


恨む相手は、ここの店長でも、ホワイトベースの店長でもない。「おまえ」は普通、誰か特定の個人のことだろう。日本語では単数形と複数形はあいまいだけどな。

「犯人に近づく方法が、ひとつあるんだけど」

あごひげの店長が首を横に振った。

「それはダメだよ。警察からの要請も断った。もうホワイトベースとも相談が済んでる」

「……そうか」

むこうの店とここの店の顧客リストをつきあわせ、共通している客にあたれば、なにか裏の事情がわかるかもしれない。だが、店長の選択はもっともだった。フリーランスで働いているノマドたちのところに、いきなり刑事がききこみにいくのだ。たとえ無関係でもショックは相当なものだろう。しかも、個人名の流出元はノマドのためのコワーキング・スペース。おれなら、そんな店には二度と近づかない。

「わかった。店を襲撃されるよりも、客の信用を失くすほうが怖いもんな」

店長は深々とため息をつく。

「襲撃だって相当に怖いよ。暴力沙汰《ざた》なんて、初めてだから。誰だかしらないけど、国道沿いの駐車場なんかにおいてあるのぼり用の重しを投げこんだんだ。十五キロ以上あるといっていた。

まったくどれだけ怪力なんだよ」

おれは悪魔の弟を思いだした。タトゥだらけの右腕は筋肉の塊なのだろう。だが、ここでやつの名を明かすわけにはいかない。

「業者に電話したけど、このサイズのガラスを用意して、修理するには十日以上かかるっていうんだ。そのあいだ閉店するしかない」

「案外みんなおもしろがるんじゃないかな。店やったらどうだ？　ほんもののノマドみたいにガラスの代わりに幕でも張って。エアコンの効きが悪いなら、氷の柱でもおいてさ。妨害なんかに負けないってところを見せたら、客はついてくるよ。みんな、自分の腕だけで生きてるフリーランスのノマドなんだろ」

だんだんと店長の目が輝いてきた。誰かがやる気をだすところって見ていて、気分がいいもんだよな。おれはそっとつぎの質問を投げてやる。

「そういえばさ、補足取材なんだけど、おれが昨日話をきいたレオンって、どんな感じなのかな。仕事とかはどういう調子なの。ウェッブ更新とアフィリエイトの話はきいたんだけど」

面倒なカタカナ語だった。そのうちおれには理解も想像もできない仕事ばかりになるのだろう。まあ、おれの仕事はフルーツを売るだけなので、ぜんぜん困らないが。気になっていたのは、レオンがなにか一発狙っているらしいこと。

「ああ、そのふたつがノマドワーカーの標準的な仕事じゃないかな。場所にも時間にも縛られない自由な働きかたなんていわれてるけど、実際にはそんなのひとにぎりだ。創造性なんて必要ないデジタルのフリーターだよ。労働条件はよくないし、将来の保障もない」

「レオンはリッチなノマドになる切り札があるっていってたんだけど」

「みんな個人事業だから、一発あてるとか、夢の印税生活なんていう人が多いよ。でも、実際にはなかなかね。うちのお客の悪口はいいたくないけど、あの人にもグレイな噂が流れてる。金にからんだトラブルがあるらしいけど、くわしくはわからない」

そのとき、おれの頭のなかで火花が飛んだ。レオンが昨日この店でおれの背後を気にしていた理由に気づいたのだ。やつはきっとガラス越しに高梨弟の顔が見えるのを恐れていたのだろう。そうでも考えなければ恐怖にひきつった表情の説明がつかない。まあ、証拠などないおれの直感だ。だが、直感を無視しないほうがいいとおれは池袋のストリートで、ガキのころから学んでいる。何度か命拾いをしたこともある。

「そういえば、昨日レオンは何時ごろこの店をでたのかな」

「ああそれなら、覚えてる。みんなタクシーは高いから、終電の時間に帰るんだ。あの人も集団で帰っていったよ」

「変わった様子は？」

「いや、とくに。疲れてたみたいで、背中がすこし丸かったかな」

小柄なレオンがさらにちいさくなりノマドの集団にまぎれる。やはりなにかを恐れているのは、間違いないようだ。

「ありがと。店がうまく再開できるといいな。そのときはまた取材させてくれ」

おれがそういうと、なぜか店長が右手をさしだして握手を求めてきた。コワーキング・スペースの店長だから欧米流なのかもしれない。おれはその手をにぎり、ザ・ストリームを離れた。たまの欧米流も悪くない。


池袋駅西口にもどる途中で、スマホを抜いた。

いつもの相手なので、指が自然に動いている。猛暑日ばかりの夏に、クラッシュアイスのような声を耳元できくのはいいもんだ。

「なんだ、マコト。いいアイディアが浮かんだのか」

ツインデビル、高梨弟のほうを罠にはめろとタカシから依頼を受けている。この街の安全のためには誰かがやらなきゃならない仕事だが、相手は誰も警察に届け出をしないくらい凶暴だ。

「そんなもの浮かぶはずがないだろ。情報が足りない。そっちの態勢とツインの情報を教えてくれ。電話でいい」

一瞬間が空いた。池袋の王さまの声が涼やかに流れだす。

「このところ、おまえの顔も見てないな。今どこにいる」

おれは買って十分後のソフトクリームのように溶けかかった西口ロータリーを眺めた。サラリーマンも、学生も、主婦も、みななんとか人の形を保っている。気温はたぶん三十七度くらい。日陰にいる人間が熱中症で倒れる気温だ。

「ウエストゲート」

「わかった、東武にでもはいって待ってろ。すぐにいく」

王のスケジュールを変更させた。平民だが、おれにもなかなか権力があるものだ。おれは東武デパートにはいり、エレベーターわきのベンチに定年退職後の年寄りとならんで腰かけた。


もちろん仕事は忘れてはいけない。一度動き始めたら、とまらずに動くしかないのだ。タカシを待つあいだにレオンに連絡をとる。おれはできるかぎりフレンドリーな声をだし、耳を澄ませた。やつの声にどれだけ恐怖が残っているか、感知したい。

「やあ、マコトだ。昨日はどうも。取材すごく役に立ったよ」

寝ぼけているのか、冴えない様子だった。とくに恐怖の兆候はない。

「ああ、こっちこそ、ありがとう。掲載誌は二十冊買って、みんなに配るから」

レオン流の軽口は健在だった。カマをかけてみる。

「ところでさ、ザ・ストリームが襲撃されたのしってる？」

はっと息をのむ音。スマホがなにかとこすれて砂嵐のようなノイズが走る。

「あの店が……なにがあったんだ」

おれはわざとのんびりした声で教えてやった。

「誰かが十五キロもあるコンクリートの塊を正面のガラスに投げつけたんだ。自動ドアのほうには赤いスプレイでメッセージが残ってた」

レオンが何度か息を吸って、呼吸を整えた。声がちいさい。急に弱気になったようだ。

「どんなメッセージなのかな」

「つぎは火だ！　おまえ、わかってんな？　なんだか頭悪そうなセリフだよな」

「……間違いない。頭悪そうなやつだ」

そういうレオンの声には元気がなかった。

「ごめん、ごめん。追加取材でもうすこし話がききたいんだ。とくにさ、あの自己啓発本の作者、なんて名前だっけ」

安くはない単行本をもち歩き、名刺のように周囲に配っているのだ。レオンがあの詐欺師のような作者にいれこんでいるのは確かだろう。おれとしては、もう一度レオンに会うための口実になるなら、なんでもよかった。

「堂上常樹、ぼくたちのあいだじゃ、ただツネキさんでとおってるよ。そうか、マコトさんもあの本、気にいったんだ。あの人はノマドのメンターで、兄貴分みたいなものかな。これでもぼくはツネキさんと仲がいいんだよ」

思いもしないいくいつきかた。空っぽの情報商材を売るメンターか。おれは良心を無視して、おおげさな声をあげた。

「それはすごいな。おれも堂上さんの話、ちゃんときいてみたいよ」

「いいね、それも雑誌に書いてくれるのかな」

反面教師としてしか書かないだろうが、別にかまうことはない。

「いい話なら、もちろん書くよ。締切が厳しいんだ。今日中に会えないかな。指定してくれれば、どこにでもいく」

レオンはちょっと迷っているようだった。

「うーん、わかった。ツネキさんの話を取材してくれるなら、時間をつくる。今、移動中だから、あとでメールする」

わかったといって、通話を切った。腕時計を見る。まだほんの数分しかたっていない。ついでにホワイトベースにも電話をいれた。取材をさせてもらった人間だけど、樋口レオンについてコラムを書いている。そちらの店をよくつかっていたというけど、ほんとかな。取材の裏をとってるだけなんだけど。

「ああ、あの人はうちのオープン時からのお客さんですよ」

デパートの正面にメルセデスのＲＶが停車した。どうもありがとうといって、おれは涼しいビルをでて、後部座席にのりこんだ。


「なにかつかんだって顔してるな」

ＲＶが動きだすまえに、タカシがそういった。なんというか、おれのつぎに勘のいい王さま。

「コワーキング・スペースが連続して、襲撃された。ツインデビルは店というより、そこに出入りする人間に強烈なメッセージを送ってるみたいだ。ああいうところで働くやつのことを……」

タカシがいきなり割りこんできた。

「ノマドという」

「ビジネス書でも読んだのか」

鼻で笑って、キングがいった。

「ビジネス誌なら、いくつかつねに目をとおしている。Ｇボーイズも互助会みたいなものでな、集められた資金は運用しなければいけない。プライベートなファンドがあるのさ。今は為替ヘッジなしの投資信託をしこんでる。S&P500連動のインデックス・ファンドだ」

Gボーイズがいくつかの飲食店を経営しているのはしっていた。でも、タカシの口から運用とかファンドなんて言葉をきくのは初めてだ。おれはバカなことを質問した。

「成績はいいのか」

面倒そうに王はいう。

「悪くはない。だが、徹底的に安全性を重視しているので、派手な数字ではない。株式評論家がコラムにするのは嘘ばかりだからな。実際には地味で危険で退屈な仕事だ。それでもすこしずつ前進はしている。そんなことよりツインデビルだ」

おれはふたつの店の襲撃とどちらの会員にもなっているレオンの話をした。RVはゆっくりとビックリガードにむかっている。「無敵家」の行列は炎天下でも長かった。

「まだレオンと高梨兄弟の接点がわからない。レオンの恐怖はほんものだ。あんなふうに人を怖がらせるのは、おれのしってるかぎり、双子の悪魔とタカシくらいのものだ」

かすかに眉を寄せた。不機嫌な王さま。Gボーイズの運転手がバックミラー越しに、おれをちらりと見た。驚愕。こいつは歴史を学んだことはないらしい。ピエロはいつだって命がけで王に冗談をいうものだ。

「おれと高梨をいっしょにするのか」

タカシが涼しげに笑いだして、RVの緊張がゆるんだ。

「このあと、レオンにもう一度会って話をきいてみる。それで、タカシに確認しておきたいのは、高梨兄弟をどうすればいいのかってことだ。店の襲撃には証拠がないし、警察につきだしても、そんなものだとすぐもどってくる。おまえはやつらをはめろというけど、どこまでやるつもりだ」

タカシの横顔のむこうに首都高速の橋脚とブルーシートハウスが流れていった。ホームレスの数は好況でも不況でも変わらないようだ。

「消すわけにもいかないからな。悪魔に徹底的に恐怖をしこむしかないだろう。やつらはあちこちのチームや組織とトラブルを抱えている。毎日寝る場所を変えているという噂だ。おまえはやつらをおびきだして、Gボーイズに引きわたすだけでいい。あとの躾《しつけ》はこちらがやる」

タカシの言葉とともに車内の温度が急激にさがっていく。こいつは頼りになる昔馴じみだが、おれがしっているもっとも冷酷な男でもある。そうでもなければ、巨大なチームの複合体を統治できないだろう。

「消さないのはわかった。だけど、あまり厳しい体罰もやめてくれよ」

鬼子母神《きしもじん》のほうへRVはすすんでいく。このあたりは静かな住宅街で、寺や社《やしろ》がたくさんある。ガキのころからおれの散歩コースだ。タカシが薄い氷を割るような音を立てた。きっと笑ったのだろう。

「おまえはやさしいな、マコト」

馬鹿だといわれた気がした。黙っていると、やつはいう。

「あの動画を見たことがあるだろ」

「ああ、あるよ」

裏の動画サイトに高梨兄弟がアップした動画は、東京中のガキのあいだで有名だった。

「高梨兄弟は敵対していたチームの幹部ふたりを六本木でさらった。顔の形がわからなくなるくらい殴りつけたあとで、ジーンズと下着を脱がせた。そのためにはもう何発か金属バットをつかったようだが」

おれは目を閉じて、子どものころ遊んだ路地を見ないようにした。タカシの声だけが静かなエンジン音に溶けていく。その先なら、おれもしっている。その事件ではない事件が起きたのは、真夜中の湾岸の駐車場だ。

「高梨の兄、裕康がとりだしたのは瞬間接着剤だった。ふたりのギャングに右手をださせ、てのひらにたっぷりと垂らした。フレンチトーストにかけるシロップみたいにな。弟の友康が命令した。その手でおたがいのチンポをにぎれ。カッターで裂いたような目から涙を流しながら、ギャングはおたがいに見つめあった」

タカシは口笛を三度、短く吹いた。風を切る音。

「またバットが振られて、やつらは観念しておたがいの性器をつかんだ。べったりと瞬間接着剤を手につけたままな」

そのあと高梨兄弟のヴァンはふたたび街にもどっている。両手でペニスをにぎりあったふたりがおろされたのは、明けがたの六本木交差点だった。高梨兄弟はすべてをスマートフォンで録画して、その日のうちに裏サイトにアップした。ふたりは数カ所を骨折していたが、事件にはなっていない。どうやって他人の性器から手をはがしたのか、想像したくもない。この世界には常軌を逸して残忍なやつがいる。そうした残忍さは、愛が地上からなくならないように、なくなることはないのだ。

「おまえはそういう悪魔さえ、傷つけることなく、きちんと躾けろと無茶をいう。まあ、方法はこちらで考えておく。おやさしいことだ」

弟の友康の得物《えもの》は大型の荷ほどき用カッターナイフだという話だ。それなら、たまたまもっていた、殺意はないととり調べでいえるからな。やつがそいつをつかうのが好きな場所は、額とてのひらと足の裏だ。とくに足の裏は腱《けん》まで届くほど深く切る。一生まともに歩けなくなるからな。

おれがこれからはめるのは、そういう兄弟だ。

ツインデビル。アメコミみたいなあだ名は伊達《だて》じゃない。


西一番街でメルセデスをおろしてもらった。うちの店にもどったとたんにどやされる。

「朝からなに油売ってんだよ」

おれにとっては悪魔より恐ろしいおふくろだ。頭をかきながらいった。

「いや、コワーキング・スペースが連続で襲撃されて……」

おふくろは一瞬の迷いもなく返してくる。

「そんなところは襲われて当然だよ。日本人なら日本語で店だしな」

まあ、確かにそうだよな。おれとしてもコワーキング・スペースというたびに、すこしはずかしい気分になる。だってそうだろ、コワーキング・スペースそのままなんて、まともじゃない。

共同オフィスとかじゃダメなのか。

「まあ、いいから店番代わりな。もうすぐ二時間ドラマが始まっちまうよ」

キャストを見るだけで犯人がわかる推理ドラマだった。なぜ、中高年はああいう依存性の強いドラマにはまるのか。おれは推理と殺人はちょっと苦手だ。

おふくろが二階にあがってしまうと、おれはノートパソコンですこしだけ検索した。レオンに会うまえにすこし堂上常樹について調べておきたかったのだ。客のいない果物屋の奥のレジは、図書館よりもずっと集中して勉強できる。受験生にはおすすめだ。


最初のページで、やつは分厚いセルロイドの黒縁メガネをかけて、ハンバーガーにかじりついていた。チェックの半ズボンのスーツに、蝶ネクタイ。グルメレポートが得意な太めのコメディアンみたい。場所は海辺のウッドデッキだ。

ブログにはなにをたべたか、写真がアップされている。あとはやつの活動報告。といっても、やつが年に七冊から八冊はだしている例の薄っぺらなビジネス書の広告が中心だ。さらにしたにおりていくと、黄金に輝くテンプレートが見つかった。

「ビットゴールド」

すべての人に富と成功を約束するデジタル貨幣だという。契約した飲食店や映画館、人気のアミューズメント施設なんかでつかえるある種の商品券のようなものらしい。数日後にはそのビットゴールドのサクセスミーティングというのが、東京芸術劇場の中ホールで開催されるという。

商品券でどうやってすべての人を豊かにするのか、おれにはぜんぜん意味不明だった。

おれたちの世界には意味不明のもうけ話が多いよな。

とくに情報とその影しかないネットの世界には。おれは内容もわからないまま、ビットゴールドという言葉だけ頭に刻んだ。


目のまえをアルミの電車がとおりすぎていく。ボディに塗られているのは黄緑のライン。ＪＲ山手線内まわりのホームが、レオンが指定してきた待ちあわせ場所だった。もう時刻は夜十時だが、電車にもホームにも人があふれている。やつはよほど人気《ひとけ》のない場所が怖いようだった。

ベンチに座っていると、ぱんぱんに荷物がつまったトートバッグを肩にさげたレオンが、山手線からおりてきた。ひげが伸びている。髪もくしゃくしゃだ。自分の部屋には帰っていないのだろう。ベンチのとなりに腰かけたやつから、汗のにおいがした。無理もないよな。この暑さだ。

「時間をつくってもらって悪いな。すごくいそがしそうだね」

ノマドというより着の身着のままで街をさすらうホームレス初心者のようだった。力なく笑って、レオンがいった。きょろきょろと周囲に視線を走らせながら。

「いそがしいというより、心休まるときがないよ。まいったなあ」

「そんなにがんばって仕事して、一発逆転を狙ってるんだ。おれ、堂上さんのサイトのぞいてみたよ。あの人、やっぱりすごいよな」

心にもない嘘がおれは上手。堂上の名をだしたとたんに死んでいた目に光がもどってくる。あこがれのボーイフレンドか。

「ああ、ほんとだよ。じゃあ、ビットゴールドについても調べたんだ。ぼくは今、あそこのプラチナ会員なんだ」

「そいつはすごい」

夜の熱気が残るホームをのんびりと発車メロディが流れてくる。おれはクラシックも好きだけれど、案外この電子音も嫌いじゃない。そのメロディにかぶさるように、おれのスマホが鳴りだした。タカシからだ。

「ちょっとすまない」

おれはそうことわって、身体を横にむけた。

「今、大切な打ちあわせ中なんだ。短くしてくれ」

王さまを邪険にあつかうのは気分がいいものだ。

「例のノマドか、わかった。いいか、三軒目が襲撃された。早稲田のネルフだ」

おれは思わず叫んでしまった。気をつけていたので、声はちいさかったと思う。

「ネルフ？　襲撃？」

この手の店のオーナーはみなアニメが好きらしい。おれは正直それほどでもない。まあ、話題作はひととおり見ておくくらいのおたくビギナーレベル。冷風のような王の声が続く。

「予告どおり、放火だ。今度は店の裏手にだされていた資源ゴミに火をつけられた。ボヤですんだが、連続なので警察も本気で動きだしたようだ。新しい情報がはいれば連絡する」

いきなり切れた。無駄なく素早い王さま。

「どこまで話したっけ」

そういいながら、身体をレオンのほうにむけたとき、やつはがばりと立ちあがった。

「ネルフだって……もういいかげんにしてくれ。頭おかしいのか、あいつ」

握り締めた拳が震えていた。おれは座ったままやつの顔を見あげた。涙ぐんでいる。

声を抑えて静かにいった。

「今夜、早稲田のコワーキング・スペース、ネルフが放火された。ダチがしらせてくれた。おれが書いてるコラムはストリートの犯罪もいいネタになるんだ。あんたなにかしってるよな」

おれはホームのベンチを立ち、やつの目を正面からのぞきこんだ。帰宅を急ぐサラリーマンが透明人間のようにとおりすぎていく。おれは尋問する刑事のような冷たい目をしていないだろうか。気にかけてはいられない。

「いいか、ひと言だけいう。そいつをしっていたら、うなずいてくれ」

やつはなんとか涙をこぼさないように、あごの先だけ沈めた。おれはそっと悪魔の言葉を投げてやる。

「高梨兄弟、別名ツインデビル」

レオンは両手で頭を抱えた。ビンゴ！

「なんなんだよ、もうわけわかんないよ。マコトさん、助けてくれ」

全身が震えている。ひとりでツインデビルの恐怖に耐えていたのだ。おれはレオンの肩に手をおいて、ベンチに座らせた。

ホームの自動販売機で冷たい缶コーヒーを買ってきて、やつにわたした。おれもひと口やる。夜も三十度近くある蒸し暑い山手線のホームでのむ苦くて甘いコーヒーを想像してくれ。そいつを二十倍にすると、おれがそのときのんだ味になる。

ついに今回の事件を解く糸口が見つかったのだ。缶コーヒー二本分など安いものだった。レオンは涙声だった。

「あせったぼくが悪かった。相手をよく調べもしないで、ビットゴールドに誘ってしまった。高梨裕康と友康。ビットゴールドには七段階ある。スティール、ブロンズ、シルバー、ゴールド、プラチナ、ダイヤモンド、ブラック。自分で投資してもいいし、自分の下部会員から資金を集めてもいい。出資金を増やして、ランクがあがるたびに、配当金が増えるシステムなんだ」

「あっ……」

声にならない声がでてしまった。そいつは典型的なネズミ講。愚かな話だが、金のないフリーターや非正規ワーカーのあいだで、あれこれと形を変えて今、爆発的に流行している。おれたちの貧しさは底が抜けたのだ。この時代、一攫千金《いっかくせんきん》の夢は宝くじかネズミ講しかない。中身のない恋愛マニュアルのつぎは、さらに手っとり早いネズミ講か。堂上常樹の欲望ははてしない。

「やつらはいくら払った？」

「ひとり三百万ずつ。それでプラチナメンバーになった」

高梨兄弟ならその十分の一の金で、十分に人を殺す動機になるだろう。

「月十万ずつ、ずっと支払われる約束だった。でも、実際の振込は三カ月しか続かなかった」

だいたいの構図はわかった。おれはいってやる。

「相手が悪かったな。やつらはあんたを脅した。金を返せ。慰謝料を払え。それが無理だとわかると、あんたの仕事先を無差別に襲撃した」

自分のひざを何度も平手でたたいて、レオンが叫んだ。

「あいつら無茶ばかりいうんだ。ツネキさんに会わせろとか、出資した金を倍返ししろとか、最上位のメンバーに格あげしろとか。ホワイトベースも、ザ・ストリームも、ネルフも、ぼくが高梨兄弟と打ちあわせをした場所なんだ。みんなぼくのせいだ。もうしわけない」

やつの肩に手をおいた。震えと熱が伝わってくる。なにかが引っかかる。

「あんた、今夜泊まるとこあるのか」

「いや、このごろずっとマンガ喫茶を転々としてる。これがほんとのノマドだね」

おれは立ちあがりながら、レオンに声をかけた。

「疲れただろ。うちこいよ。すぐ近くだから。たいしてきれいじゃないけど、すくなくとも足を伸ばして眠れるぞ」

うぉーとおかしな雄《お》叫《たけ》びをあげて、レオンは山手線のホームで男泣きした。


おれの四畳半に布団を二組敷いた。明かりは豆電球ひとつ。暗闇のなかボロディンが低く流れている。やはりノマドは東京より、中央アジアの草原のほうが似あうよな。おれはなにかを忘れている気がしていた。妙に目が冴えている。天井を見あげながらいった。

「さっきホームでなにか大切なことをきいた気がするんだけど」

おれの頭も夏バテ気味だった。重要なことから先に抜けていく。

「足が伸ばせるって天国だな。別に大切な話なんてしてないと思うよ」

「高梨兄弟がなにか要求してたんだよな。なんだっけ」

レオンは露骨に嫌な声をだした。

「久々に気分よく眠れそうなのに、あいつらの話はやめてくれよ」

宿泊代だと思えば安いものだ。だいたいツインデビルを巻きこんだのは、レオン本人である。

「いいから、いいから。ちょっと思いだしてくれ。やつらはなにをほしがっていたんだ」

「出資金の倍返し、ツネキさんに会わせろ、ブラックメンバーに昇格させろ」

今度はおれががばりと上半身を起こす番だった。身体は熱いが、頭のなかは冴えざえしている。

「そいつだ。堂上常樹に会わせよう」

「そんなの無理だ」

「いいんだ、レオンは高梨兄弟を誘いだすだけでいい」

タカシと同じことを口にしていた。

「なにいってるんだ。あいつらがどれだけ危険か、マコトさんはわかってるのか」

悪魔が危ないことくらい、おれだってわかっている。やつらがアップした残酷動画は一本だけじゃない。

「ああ、だいじょうぶだ。ここはやつらの縄張りじゃない。なんてったって、池袋だからな」

おれはそういうと、今度こそ心安らかに眠りについた。

それからの三日間で、おれはタカシとGボーイズの幹部とあわせて四回の徹底したミーティングをおこなった。そのうち半分はレオンもいっしょだ。レオンにやってもらったのは、高梨兄に短い電話をかけてもらうこと。手打ちがしたい、ツネキさんに会わせるから、芸術劇場のイベントにきてくれ、ＶＩＰ席を用意しておく。

金はもどらないし、レオンの行方もわからない。いくら高梨兄弟でも手詰まりだったのだろう。やつらは餌《えさ》の生肉にすぐにくいついてきた。自分たちがいつも人に恐れられているので、罠にかけられるとは疑いもしないのだ。

あわれな悪魔。


中ホールにあがるエスカレーターのうえで、おれとレオンは待っていた。やつは堂上常樹と同じ半ズボンのスーツ。おれはジーンズとボーダーシャツ。ビットゴールド主催のイベントは一時間後に入場開始だ。

レオンのコネでおれたちはスタッフパスを四枚入手していた。といっても警備態勢も、アルバイトスタッフもいいかげんなもの。まあ、ネズミ講の集会なんて、その程度。おれは例のファッション誌の取材記者という口実だ。

この真夏のクソ暑いさなか、高梨兄弟が無音でエスカレーターをのぼってきた。兄の裕康はブラックスーツにブラックシャツ。弟の友康は袖なしの黒い革シャツとブラックジーンズ。右腕は濃紺のチェーンと稲妻タトゥでおおわれているので、片方の腕だけ黒シャツの袖をちぎったように見える。アシメトリーが好きなのかもしれない。前髪までアンバランスだった。ジーンズのポケットには大型のカッターがはいっているのだろうか。

レオンに気づくと、裕康がいった。

「やっとおれたちのメッセージを受けとってくれたか。そっちは誰だ？」

怖くてたまらないだろうが、レオンの声は震えていなかった。

「ぼくのアシスタントでゴールドメンバーのマコトだ」

つぎは弟のほうだった。知性のかけらも感じさせない声ってあるよな。

「そんな下っ端、誰でもいいんだよ。早く堂上に会わせろ。もうけ話をきかせてくれるんだろ」

はあはあと涎《よだれ》を垂らす病気の大型犬のような男。おれは悪魔の兄弟に二枚のパスをわたした。

「こちらにどうぞ」

ホール入口のセキュリティはおれたちのほうにちらりと目をやっただけで、黙ってとおしてくれた。パスは四枚。問題はない。ホールわきの通路を抜けて、楽屋のほうにまわる。おれは貨物用のエレベーターのボタンを押していった。

「堂上さんはしたのＶＩＰ用の楽屋におりますので、どうぞ」

傷だらけの扉が閉まると、大型エレベーターはゆっくりと沈み始めた。

「いいか、樋口、堂上の紹介とおまえにまかせた金は別だからな。おまえはおれたち兄弟に六百万ずつ借りがある。そいつは忘れるなよ」

悪魔の兄がそういった。むちゃくちゃだが、こいつの頭のなかでは正論なのだろう。こんなやつの考えることなど誰に理解できる？　悪魔の弟もいう。

「ああ、いろいろとおまえを捜しまわって、いらないちょっかいを三回もだしたからな。精神的な慰謝料と仕事賃だ」

コワーキング・スペース三軒襲撃の労働の対価か。いい気なものだ。いくらでも調子にのるといい。いかれた兄弟をはめる罠は間もなく閉じようとしている。エレベーターが開くと、劇場裏の搬入口だった。大劇場のほうで芝居の公演でもあるのだろう。十トン積みのトラックが何台か尻をつけていた。友康は劇場の裏側が目新しいようだ。きょろきょろと周囲を見まわしている。

「こちらです。どうぞ」

黒いカーテンを開いて、横にあるサブの搬入口に案内した。こちらには中型のパネルトラックがつけられていた。冷気が足元に流れてくる。冷蔵トラックだ。そのとき、おれは背中に熱を感じた。裕康が叫んだ。

「トモヤス、やばいぞ」

もう手遅れだった。なにかがわっと背中を押して、流れるようにおれたち四人をトラックの荷台に押しこんでいく。Gボーイズの突撃隊、精鋭の八人だ。そのままの勢いで高梨兄弟を押さえこんだ。ひとりにつき三人がかり。うしろで扉が閉まった。悪魔があばれたのは数十秒だ。結束バンドで足首と手首を締められ、ツインデビルは金属の床に転がった。

まあ、そのときはレオンとおれも床に倒れていた。結束バンドはゆるく締めてあっただけだけどな。トラックはゆっくりと走りだす。黒い目だし帽をかぶった男たちは八人。タカシひとり堂々と顔をさらしている。

「安藤っ」

高梨弟が叫んでいた。

「おれたちに手をだして無事で済むと思うなよ。おまえらの家族、ダチ、連れ、誰もかれもただじゃすまさん」

タカシは高梨兄弟の顔の近くにしゃがみこんだ。真っ白なスニーカーをはいている。ちらりと見えた靴底で新品だとわかった。汚れひとつない。王の表情は長いつきあいのおれでさえ震えるほどの絶対零度。迷いも感情もかけらもない。

「いいか、高梨、一度だけいう。よくきけ」

「うるせえ」

粗暴な弟があばれた。Gボーイズのひとりが友康のふくらはぎを体重をかけて踏んだ。

「静かにしろ。いいか、よくきけ」

悪魔がそろってうなずいた。タカシの声は凍えそうな冷蔵トラックの床よりも冷たい。

「おまえら兄弟は、おれたちの縄張りで調子にのりすぎた。だから、Gボーイズのルールに従い罰を与える。二度とおれたちの縄張りにもどるな。報復をしようとも考えるな。もし、おまえらのどちらかがうちのメンバーに手をだしたら、どこに逃げようと捜しだす」

タカシがポケットから抜いたのは、瞬間接着剤の黄色いチューブだった。その先で高梨兄の額を軽くつついた。

「報復を一度するたびに、おまえたち兄弟の手首か足首の先をもらう。どこにするかは、選ばせてやる」

冷凍地獄の底から響く王の容赦ない声だった。じっと悪魔の兄と弟を見おろしている。おれに見せたことのないタカシの目だ。

「おれは一度口にしたことは必ず守る。ここにいるうちのメンバー八人に約束する。一度でもメンバーに報復するなら、手か足の先をもらう。二度目もまたもらう」

圧倒的な冷たさだった。レオンはツインデビルのときよりひどく震えている。

「おまえたちは自分が誰より悪賢《わるがしこ》く、凶暴だとうぬぼれていたな。だが、ふたりだけだ。Gボーイズは数百人のメンバーがいる組織だ。ぼろ雑巾《ぞうきん》のようになりたければ、かかってこい。そのときはすり潰してやる」

タカシは瞬間接着剤のふたをとった。高梨兄弟が震えあがった。

「手をはずせ」

知能犯の兄が叫んだ。

「やめてくれ。おまえらには絶対手をださない」

「三軒の襲撃でおまえらは有罪だ。手をだせ」

目だし帽をしたGボーイズが左右の手にひとりずつつき、高梨兄弟のてのひらを床に開かせた。タカシはたっぷりと瞬間接着剤を垂らしていく。大嫌いな夏休みの工作でもつくるように淡々と。

「どこがいい？」

微笑みながら質問した。高梨弟が懇願する。

「したはやめてくれ」

「いいだろう。その手で耳を押さえ、目を閉じろ」

おれは床に倒れたまま、その光景を見ていた。悪魔の兄弟は両耳を押さえた。手は二度と離れない。タカシは閉じられた目のうえから、残りの接着剤を垂らした。王の声がすこしだけおおきくなった。

「このままおまえたちを山に捨てる。別々にだ。勝手に帰ってこい。ただ二度とGボーイズの縄張りには近づくな。わかったか」

接着剤で固まった目から、高梨兄が涙を流していた。弟のほうがあばれると、誰かが脇腹をブーツで蹴った。悪魔が静かになる。

おれの手首の結束バンドは王みずからはずしてくれた。


パネルトラックがとまったのは、首都高東池袋口の手前だった。おれとタカシとレオンがおりた。八人のGボーイズと高梨兄弟はそのまま。トラックは長い坂道をのぼっていく。

おれは銀のパネルを見送っていた。

待機していたメルセデスのRVにむかって歩きだすタカシにきいた。

「ほんとに山のなかに捨てるのか」

愉快そうにタカシは笑った。

「いや、目も耳もつかえない状態では危険だからな。夜中にゴルフ場のグリーンにでも捨ててこいといってある。別に殺すつもりはない。マコトはそれでよかったんだろう」

レオンはまだ震えていた。タカシのほうを見ようともしない。

「あの脅しだけで、ツインデビルは池袋にもどってこないかな」

振りむいたタカシの温度がすこしだけ低くなっていた。

「あれが、脅しだとなぜわかる？　おれは今も本気だし、うちのメンバーに手をだせば、やつらの手首を落とすくらい、すぐにやるさ。おれは約束は守る。とくにＧボーイズとマコト、おまえにした約束は必ず守る」

おれは複雑な気もちで笑った。相手がツインデビルとはいえ、こいつが誰かの手首を落とすところは見たくない。

「おまえがやつらのしたをにぎらせなくてよかったよ」

タカシはメルセデスのドアを開いていった。

「そんな粗末なものに興味はない。マコト、よくやった。これで借りがひとつできたな」

「くだらないもんをいちいち数えるなよ」

黒いスモークフィルムを貼ったサイドウインドウが音もなくさがった。タカシの右手があらわれて、ゆっくりと振られる。

「今度はゆっくりのもう」

王さまからの奇跡のような誘いだった。


タカシのいうとおり、今のところ高梨兄弟は池袋にもどってきてはいない。やつらにもＧボーイズとその王の恐ろしさは十分に伝わったようだ。

その日、池袋駅でおれはレオンと別れた。レオンはビットゴールドをやめて、ウェッブ更新とアフィリエイトに精をだしているようだ。もっとも一発逆転の夢はまだ捨てていないらしい。つぎはアマゾンで、中古カメラとレンズを売るという。都市型のせどりビジネスだ。

堂上常樹は出資法違反で、秋になるころ逮捕された。いつか破綻《はたん》するのがわかっていても、ついネズミ講を開いてしまう。なんだかバブルに似ていると思うのは、おれだけだろうか。人の欲望には果てがなく、遠い未来の破局よりも、目のまえに積まれた金のほうが魅力的なのだ。

空の雲がだんだんと淡く高くなるころ、おれはザ・ストリームに顔をだした。店長はなぜか入会金を払っていないおれを名誉会員にしてくれた。六時間半かかって、いつものコラムを書きあげたのだが、案外おふくろが嫌いなコワーキング・スペースも悪くないと思った。無理もない。その日のネタを追って、東京池袋の草原を右往左往する。

おれこそノマドライターそのものなんだからな。

憎悪のパレード

昔はつかっちゃいけない言葉ってあったよな?

子ども同士のケンカだって、きちんとぎりぎりのところで抑制はきいていた。「おまえのかあちゃん、でべそ!」と面とむかっていうことはあっても、直接「死ね!」なんて誰も口にしなかったものだ。おれが生まれ育ったのは、決して金もちばかりが住む上品な街じゃない。けれど、そこで暮らすやつらは最低限、人間としての品性は欠かさなかった。口は悪いが、敵を抹殺《まっさつ》するような言葉はつかわない。どんな相手だって、きちんと尊重する(まあ、ときにカモにもするんだが)。人間が集まって暮らすって、そういうことだもんな。とくに貧乏人の場合、おたがい距離が近いのだ。気をつかうのはあたりまえ。言葉はときに命を救う薬になり、ときに命を奪うナイフになる。

おれは思うんだけど、デフレで物価がさがり不景気になるほど、言葉の価値はインフレを起こして空っぽになるよな。牛丼が三百円以下でくえるようになったと思うと、池袋では「死ね!」「殺せ!」の大盤振る舞い。なんとも殺伐《さつばつ》とした空気が漂っている。虚《うつ》ろで安い言葉ほど激しくなるものだ。無記名のネットで書き散らす言葉を、生身の人間が生きてる世界にもちこむものじゃない。マンセーとかホルホルとかステマとか。音の響きがすでに下品もいいところ。良識ある大人が真似するものじゃない。

今回は、誰もがしりながら目をそむけるヘイトスピーチのヤマだ。この冬、池袋の、とくに西口と北口のチャイナタウンは、反中デモに揺れていた。なにを隠そう、おれには中国人の戸籍上の妹（美人！）がいるのだ。家庭内の雰囲気がぎすぎすしてたまらない。

おれたちは経済成長の先輩として、もうすこし余裕をもったほうがいい。共産党政府につながるひとにぎりの大金もち以外、中国人のひとりあたりの収入はまだジャマイカよりすくない。岩だらけの小島でもめようが、ＧＤＰで抜かれようが、そこまでナイーブに傷つくことはないはずだ。

二十一世紀はアジアの世紀だよな。

世界経済の中心が数百年ぶりに東アジアに回帰するのは、まず間違いない。その果実をいらいらせずに、ゆっくり待つといい。近隣関係で耐えがたきを耐えるとしても、先進ニッポンで心たのしく暮らしたほうが、死ね！死ね！と叫んでデモするより、ずっとまし。

なにせ、こちらは政治家の悪口だっていいたい放題の自由と民主の国なんだからな。

台風が行列をつくり襲ってくる秋が終わった。

三十個目の台風なんて、すくなくともおれの記憶にはない。猛烈な台風がすぎた翌日、寒くてたまらずにエアコンを暖房に切り替えたりする。海も空も温度調節機能が完全に壊れてしまったみたいだ。

馬鹿みたいな猛暑の夏だから暖冬かと思っていたら、冬もまた厳しかった。土曜日の午後、おれは三年越しで着ているユニクロの軽いダウンを着こんで、夕紅柿《ゆうべにがき》を店先で積んでいた。一山四個で、ちょっと高い七百円。旬の柿のだいだい色は目に鮮やかで、なかにＬＥＤでも仕こんだみたいに輝いてる。

その声は遠くからきこえてきた。メガホンで電気的に増幅された憎しみの声。

「中国人はー、池袋からー、でていけー」

野太い輪唱が続く。

「でていけー」

女の声だった。復讐を誓う声優のようにわかりやすい憎悪。

「シナ人はー、いちどー、死んでみろー」

「死んでみろー」

おふくろが遠い目で、西一番街の先を見ている。視線の先はビルに隠れて見えないがウエストゲートパーク。

「なんなんだよ。よそからきて、好き勝手やって。営業妨害もいいところだね」

おれもその意見に大賛成。あんな騒音のあとで、じゃあ果物でも買いましょうなんて客はひとりもいない。

「もとからさしてよくないけど、これじゃ池袋のイメージも台なしだよな」

おふくろははたきを刀のように振っていう。

「マコト、ああいうのヘイトスピーチとかいうんだろ。警察はとりしまらないのかい」

おれはネットで読んだばかりの知識を教えてやる。

「日本では法律違反にならないんだってさ。いくら、『死ね』とか『殺す』とかいっても」

「ふーん、おかしな話だね」

腕時計を確かめた。そろそろ約束の時間だ。

「今度タカシに頼まれたのは、あいつらのデモの仕事なんだ」

おふくろはキングに似た氷の視線で、おれをちらりと見た。

「あのデモを蹴散らすのかい？」

にやりと笑うと耳まで口が裂けそうだ。いっておくが、うちのおふくろは池袋のチャイナタウンは好きじゃない。だが、あの死ね死ねデモは心の底から嫌っているのだろう。

「違うよ。あいつらを守るほう」

「なにいってるんだい。あんなやつらを誰から守るってのさ」

説明が長くなるから、おれはあきらめてエプロンをはずした。ハンズで買ったデニムの高級品。くるくると丸め、店の奥に投げる。

「まあ、いろんなやつらから。店番頼むよ。夜には帰る」

返事はきかずに、駆け足でうちの果物屋から飛びだした。おれの背中をおふくろのヘイトスピーチが撃つ。くたばれとか、道楽息子とか、ごく潰しとか。

ああ、都会で聖者になるのはたいへんだ。

ウエストゲートパークの噴水まえには、思いおもいの格好をしたデモ隊が、ゆるやかにならんでいた。その数はおよそ百五十人。プラカードをかかげ、たすきをかけて、たのしげに談笑している。これからチャイナタウンまで行進して、そこの住人に死ねと叫びにいくのだが、なんだかピクニックのスタートでも待ってるみたい。この手のデモというとガチガチのネット右翼のイメージだが、実際に行列してるやつらは違っていた。若い女も、学生も、リタイアした中高年もいる。なかにはガタイがよくて武闘派風の旧タイプも混ざっているが、そんなのは少数派。

やつらの団体の名は、安酒みたいな「中排会」。

正式名称は「中国人を祖国日本から徹底排除する市民の会」だ。代表は四十代前半の女で、城《じょう》之《の》内文香《うちふみか》。先頭で小型のメガホンをもっているキャメルのスーツのメガネが、その女。グレイのダウンコートをはおっている。すらりとしていて、一見美魔女風なのがしゃくにさわる。声はさっきいたよな。「いちどー、死んでみろー」と叫んでいた、女にしては低い迫力のある声だ。

「マコト、遅いぞ」

こちらは一度耳にしたら忘れられない池袋の王さまの声。耳にとがったアイスキャンデーの先でも刺されたようだ。おれは中排会のデモ隊から、振りむいていった。

「うちのおふくろが、あのデモ蹴散らしてこいだってさ」

今年の流行のローゲージの手編み風ニットジャケットを着こんだキングが、にやりと笑った。サンドベージュのダブルだ。ベテラン俳優のようにペイズリー柄のスカーフを首に巻いている。

裕福なギャングのお坊ちゃま。

「それ、いいな。Gボーイズにはそっちのほうが似あいだ」

キング・タカシのうしろに若い男が立っていた。年齢は三十代前半。黒いスーツに黒いタイ。酸っぱい酒でも一気のみしたような苦しげな顔をしている。今回の依頼主。

「きみが真島誠くんか。よろしく」

右手をさしだしてくる。つくり笑顔で握手。

「へ民会の代表なんだよね、名前は？」

「へ民会」は「ヘイトスピーチと民族差別を許さない市民の会」の略。おれもマコトをさらに略そうかな。ただのマとか。マは推理したとか、マは見事に犯人をあげたとか、マは絶世の美女と恋に落ちたとか。入力がずいぶん楽になる。

「久野《ひさの》俊樹《としき》。マコトくんは、この街の裏と表のパワーバランスに詳しいだけでなく、チャイナタウンにも顔がきくそうだね」

おれはタカシに視線を飛ばした。平然とするキング。きっとあることないこと吹きこんで、Gボーイズのギャラをつりあげたのだろう。

「まあ、そんな感じかな」

「じゃあ、今回の仕事にはぴったりだ」

なにがぴったりなのか、よくわからなかった。中排会のデモの周囲には、耳にイヤホンをさした私服の刑事がちらほら。デモ全体をとりまくように制服の巡査が固めている。そろそろ動きだしそうだ。

城之内文香代表がメガホンに叫んだ。

「チャイナタウンの中国人を殲滅《せんめつ》しにいくぞ」

「いくぞー！」

とりとめのない集団がウエストゲートパークをでて、ＪＲ西口に出発する。

「こっちにきてくれ」

おれとタカシは依頼人にうながされ、列の最後尾にむかった。

さっきの中排会が玉石混淆《ぎょくせきこんこう》としたら、こちらはなぜかエリート風だった。へ民会のデモは、数は中排会の三分の一くらい。でも、若いやつが多く、なぜかみなダークスーツ姿で、ネクタイを締めている。こちらにも私服の刑事と制服警官が数名。

プラカードには「民族差別反対」とか「アジアはひとつ」なんて書いてある。久野代表がいった。

「ぼくたちも出発しよう。話はデモの途中でするよ」

ウエストゲートパークをでて、西口ロータリーの交差点をわたる。これから五差路をぐるりと周回してデモをしながら、チャイナタウンの路地をすみずみまで練り歩くことになる。ルートは中排会とまったく同じだが、通りの反対側の歩道をへ民会はいく。

城之内代表が、中国語の看板を見つけて警官にメガホンで叫んだ。

「恥しらずのシナ人が道路交通法違反を犯して、路上に看板をだしている。警察は即座に指導しろ」

　中国人むけのネットカフェの看板だった。中排会の若い男が電飾を仕組んだ看板を蹴りあげる。雑居ビルから中年の女がでてきて、看板をビルの通路にさげた。

「ニッポンが嫌いなくせに、平気で金儲けだけしようとする卑《いや》しいシナ人、一度死んでみろー」

　赤い地に紫のリボンが流れるニットを着た太った女がおびえたように、城之内を見た。中排会の連続攻撃が続く。

「いちどー、死んでみろー」

　看板を蹴った学生風の男が中年女に近づき、顔のまえ数十センチで唾を飛ばしながら叫んだ。額に血管が浮かび、目は獲物を見つけたように見開かれている。

「シナのババア、殺すぞ」

　制服警官がのんびりとあいだにはいった。

「まあまあ、それくらいに」

　若い男は警官にもくってかかった。

「ニッポンの警官のくせにニッポン人をとめるのか。おまえらはシナの味方か？　ニッポンを愛してないのか？」

　なんとも救われない話。おれは池袋の空を見あげた。雲は高く、溶けたガラスのようにだらしなく流れている。熱のない冴えざえとした冬の空だった。

　人を憎む。

　出身国や民族といった、その人間の個性ではなく、属性だけで無条件に憎む。失われた二十年で、おれたちはそこまで追いつめられていたのだ。こいつらが不景気の日本でも、ごく少数派でよかったと、おれは思った。日本のすべての街で、こんなことが起こるようなら、おれたちに「アジアの世紀」はこない。憎しみと敵意の先になにが待つか、七十年ばかりまえには誰もがわかっていた。

だが、七十年はすべての傷や悲惨を甘い砂糖でくるむには十分な時間だ。

砂糖菓子の名は愛国心。おれは闘う相手がストリートギャングやストーカーや違法薬物だったころがなつかしかった。あのころ問題は単純だった。今ではばらばらに砕け散った愛のなかから憎悪だけ慎重につまみあげなければならない。みな愛しているから、殺したいのだ。

中排会は池袋チャイナタウンのほとんどすべての店に、罵声を浴びせていった。このあたりの雑居ビルの看板は、ほぼ中国語。勢いデモの速度は遅くなる。じりじりと押し潰すように憎悪の時間は続いた。中国系のネットカフェには「サイバーテロを許すな」。中華飯店には「毒いりの偽装食品をもちこむな」。中国映画やドラマのレンタル店には「違法コピーを撤去せよ」。

おれは通りの反対側から、中排会のやり口を観察して、心を凍らせていた。

「なかなかひどいものだろう」

うんざりした顔で、へ民会の久野代表がいった。

「ああ、酔っ払いが吐いたゲロを延々見せつけられてる気分だ。代表はおれたちになにをさせたいんだ？」

おれはタカシに目をやった。どんな憎しみの言葉にも、やつは顔色ひとつ変えない。じっと周囲を観察している。

「あいつは？」

タカシが久野代表に質問した。ヘ民会を警護する制服警官のさらに後方に、黒いＭＡ１のフライトブルゾンを着てマスクをした男がついてくる。

「違うと思う」

わけがわからない。おれはいった。

「なんの話なんだ？」

久野代表は腕時計を見た。もうデモ開始から一時間近く経過している。憎しみの言葉が池袋の街にそれだけ流されたことになる。人を犯す毒としてはＰＭ２・５の比じゃないよな。心を腐らせるんだから。

「もうすぐ休憩時間になる。そこで、話そう」

中排会のメガホンをもつのは今度は高校生のような十代の少年だった。どこかの進学校の国立大志望の生徒みたいなマジメな感じ。歌うように節をつけて、少年が叫んだ。

「ゴキブリとー、シナ人はー、一匹残らずー、駆除しなければー、いけませんー。そうでないとー、地球がー、シナ人にー、乗っとられますー」

少年は無邪気に笑顔で手を振っている。街をいく人たちは、顔をそむけて過ぎた。

「シナ人にー、死をー」

シュプレヒコールは軽快に続く。

「シナ人にー、死をー」

そのとき中排会のかけ声にコール＆レスポンスがまき起こった。スーツ姿のへ民会のデモからだ。

「中国人と、ともに生きよう」

「生きようー」

先頭をいく黒いリクルートスーツを着た女子学生がメガホンで叫んだ。五十人ほどのへ民会のデモ隊はピースサインをしながら、プラカードを通りのむかいの中排会にむけて振る。

「死ねー」

「生きようー」

「死ねー」

「生きようー」

果てしなく繰り返される生と死の合唱。ここはおれが生まれ育った街で、去年まではこんなことは一度もなかった。生きようが死のうがかまわないから、おれはひとりになりたかった。このままでは頭がおかしくなる。集団で同じ主義主張をするのは、おれにはとことん性にあわないとわかった。

おれは汚れた街の人嫌いの平和主義者なのだ。

「あそこの交差点が休憩地点だ」

そこは西一番街の奥の信号のない交差点。タイル張りになった飲み屋街の角だ。ネオンサインが輝きだして、書きいれどきの土曜の夜にそなえている。このあたりも店は半分くらい中国系。角に建つ古いビルは地上七階建てで、ワンフロアに店が五軒も入居するような巨大な造り。だが、半数以上は店を閉め、シャッターがおりていた。おれが生まれるまえからあるような建物だから、無理もない。中排会は交差点で停止した。円陣を組んだ中央で、城之内代表がメガホンをつかった。

「ここで小休止します。ただし周辺をごらんになるとわかるように、このあたりにはシナ人の盗《ぬす》人《っと》とシナ人の売春婦がたくさんいますから、気をつけてください」

とおりすがりの女の子に、中排会の中年男が声をかけた。

「おまえも売春婦かあ？　ちゃんと稼いだら、ニッポンに税金払え」

どう見ても、普通の日本人のＯＬのようだった。顔をこわばらせて、女性は足早にすぎていく。辻の反対側にデモ隊を休ませると、久野代表がいった。

「ちょっときてくれ」

おれと久野代表はならんでコンビニまえのガードレールに腰かけた。へ民会のメンバーが缶コーヒーを買ってきてくれる。缶を開けるプルトップの音が淋しかった。土曜の午後にヘイトスピーチにつきあうほど虚しいことはない。

「中排会については、マコトくんもよくわかってくれたと思う」

おれはしぶしぶうなずいた。

「とんでもなく汚い言葉はつかうが、手はださない。だけど、あれだけ中国人を憎むなんて、なにか個人的な理由でもあるのかな」

久野代表は首をかしげ、微糖のコーヒーをすすった。

「さあ、どうだろうな。彼らについてはジャーナリストや社会学者がききとり調査をすすめてる。研究対象としても興味深いから。他民族蔑視の深まりについてはきちんと調べておく必要がある」

評論家みたいな話しかた。体温が低いよな。

「久野さんって、なんの仕事をしてるの」

「一年契約で大学の講師をしてるんだ。金もないし、将来も不安。知的なフリーターみたいなものだよ」

「へえ、久野さんも非正規なんだ。非正規にもいろいろあるんだな」

さしてうれしくもなさそうに、へ民会の代表がいった。

「まあね、この十年間日本で起きたのは、働きかたがめちゃくちゃに壊れたってことだから。みんながつらい。それでああいうのが流行るんじゃないのかな」

代表の視線の先には中排会のメンバーがプラカードや旗竿《はたざお》をもって立っている。風のない冬の午後の日の丸。メガホンから男の声が流れた。

「おい、そこのラーメン屋、おまえ、ニッポン人のくせにこんなシナ街で、シナ人相手に商売してはずかしくないのか」

「はずかしくないのかー」

拍手をしながらメンバーが叫んだ。今度のメガホンはめずらしく真正右翼っぽいガタイのいいスポーツ刈りの男。中排会の代表、城之内文香は交差点の隅で、制服警官と立ち話をしていた。なにかもめているらしい。やせがたの城之内のそばには、Gボーイズのツインタワー1号2号にも負けないほど、背の高い男が控えている。あれだけ過激なアジ演説をするのだ。ボディガードは欠かせないだろう。

グレイのスーツ姿のスポーツ刈りが叫んだ。

「おまえのところも食品偽装か。チャーシューは野良犬つかってないよな」

笑い声がまき起こる。チャイナタウンの住人はみな目をそらしていた。ヘ民会のメンバーが叫んだ。

「日本人が日本人いじめてどうすんだ」

メガホンが即答した。

「やかましい、シナ人といっしょに暮らしてるようなやつは、ニッポン人じゃない。さっさと店をたたんで、チャイナタウンからでてけ」

いってることがめちゃくちゃだ。おれは怒りが湧くというより、淋しくなってきた。おれたちが住んでる街に、こんな罵声が響く。それものんびりとした土曜日の午後に。だいたい中排会のデモ隊のほとんどは、この街の住人でさえないだろう。なぜ、よその土地にでばってきて、いらない騒動を起こすのか。

「まあ、あんたら、みんな怖がってるから、おおきな声だすのよしなさいよ」

落ち着いた声は、杖をついた老人だった。ボアの襟がついたドカジャンに、もう十五年はつかっているようなマフラー。軽く背は曲がり、右足を引きずっている。久野代表が近くにいるへ民会の若い男にいった。

「あれ、ちゃんと撮影しておいて」


老人はもめごとの仲裁に慣れているようだった。おれと同じように池袋で生まれ育ったのだろう。子どものころから何百回とケンカを見てきたはずだ。

「ここはみんなそこそこ仲よく暮らしてるんだ。よそからきて、そんなに騒ぐもんじゃない」

ごく常識的なアドバイス。メガホンの男が駆け足で、老人に詰め寄った。

「なんだ、貴様、シナ人かー?」

目のまえなのに音量を最大にしたメガホンで叫んだ。

「わしは違うが……」

「だったら、黙っとけ、ジジイ。小ズルい商売して、ニッポン人をくいものにして、この街を腐らせるシナ人にいっとるんじゃ。年寄りはゲートボールでもしとけ」

メガホンの右翼男がうつむいた老人の顔を、したからなめるようににらみつけた。

「シナ人の肩もつと、ニッポン人でも許さんぞ。年寄りだからって、おれたちが手加減すると思うなよ」

へ民会のメンバーがスマホで、老人とメガホン男の様子を撮影している。おれたちは数メートル離れたガードレールから見ていた。

「あのムービー、どうするんだ?」

「すぐにユーチューブにアップするよ。中排会、池袋西一番街で、老人を恫喝《どうかつ》! とかタイトルつけてね。この闘いはイメージと支持者の数を競う闘いでもあるんだ」

「あのじいちゃん助けなくて、だいじょうぶなのか」

久野代表は疲れた顔でいった。

「中排会は警察がよくわかってるし、法律にもくわしい。ああしてひどい罵倒はするが、決して手はださない。ただひたすら、人をいらいらさせるんだ」

制服の警官がやってきて、老人とメガホン男のあいだに割りこんだ。メガネをかけた小太りの巡査だった。

「それくらいにしときなさい。相手は老人じゃないか」

返事はまたもメガホン最大音量だった。音がひずんで、きーんと金属の響きがのる。チャイナタウンの商店街の路地をナイフのように引き裂いた。スポーツ刈りの男は腕を振り回して叫んだ。

「おまえたち警察が守るのは、ニッポン人とシナ人のどっちなんだ。おれたちは女子どもだろうが、年寄りだろうが、敵の味方は絶対許さん。おい、警察、さっさとこんな街のシナ人全員逮捕して、強制送還しろよ」

休んでいたほかの中排会のメンバーが叫んだ。

「キョウセイー、ソウカンー、シローー」

なんというか同じ日本語を話しているとは、おれには思えなくなってきた。アジアの世紀の未来は、このままじゃとてつもなく暗い。

「あのメガホンの右翼っぽいやつ、なんていうの」

「塚本孝造《つかもとこうぞう》。中排会のナンバー2というところかな」

ナンバー2は唇の端に白い泡をつけて、シナ人好きのニッポン人と警察をののしり続けている。


おれはうんざりして、午後の空を見あげた。西のほうがうっすらとオレンジに染まり始めている。鳥の目から地上の馬鹿騒ぎを眺めたら、くだらないヘイトスピーチも他の人類の愚行とさして変わらないのだろう。

この数年の街の荒れかたを思った。池袋は最初から品行方正ではなかった。荒っぽいトラブルも、骨が凍るような事件もたくさん。そのうちの一割くらいは、おれも関わっているので、そいつはよくしっている。だが、そんな問題を起こすのはたいていは、非合法の組織や半合法のギャングたち。一見、普通の老若男女が「死ね！」「殺せ！」なんて叫びながら、笑顔で街をパレードするような異常事態は考えられなかったのだ。

おれたち、みんながそこまで追い詰められたということなのだろうか。憎悪の言葉には人の感覚を麻痺させるところがあって、誰もがその場で凍りついている。

この冬はひどく寒くなりそうだ。

金属パイプのガードレールから冷えが流れこんで、尻の感覚がなくなってきた。おれはぬるくなった缶コーヒーをのみほし、となりの大学講師にいった。

「あいつらは暴力沙汰は起こさないんだろ。だったら、Ｇボーイズをつかうことないじゃないか。土曜日はみんなで耳栓でもすればいい」

久野代表は悲しげな顔をした。

「ああ、中排会のほうはね」

中排会じゃないとすると、残るはひとつ。

「だけど、あんたがへ民会の代表なんだろ。きちんと指示をだせば、すくなくともあいつらより問題はなさそうだけど。なんというか、そっちはみんなフレンドリーじゃないか」

男は全員スーツに白シャツにネクタイ。女もパンツかスカートかの違いはあっても、みなダークスーツだった。いまだに生き残っている池袋のギャルのようなマイクロミニはひとりもいない。

そのとき肩をたたかれて、おれは飛びあがりそうになった。

「待たせたな」

タカシの氷柱のような声が耳に刺さる。

「やつらがきたぞ」

駅のほうから十五、六人のガタイのいい男たちがやってくる。ぶかぶかのデニムのカーペンターパンツに、カーハートのレンジャージャケットをそろいで着ている。首には赤いバンダナをまき、半数は分厚いニットキャップをかぶっていた。なかには三人ほど、金髪の外国人もいる。やつらの姿を見つけると、中排会のデモ隊に緊張が走った。

先頭に立つ男がまっすぐにおれたちのところまでやってきた。キング・タカシがガードレールの後方から移動し、さっと久野代表のまえに立った。おれたちの敵は、どうやら中排会ではなく、このアメリカ中西部の工場労働者のような集団だ。

灰色のニットキャップをかぶった男は、背はそれほど高くなかった。だが、目つきが澄んで、ひどく鋭い。あご全体をおおうヒゲはていねいに整えてあった。

「久野さん、ごぶさたしてます」

にこりともせずに、タカシを無視して男が声をかけてきた。

「ああ、そっちこそ元気そうだね、堀口《ほりぐち》くん」

堀口は中排会を横目でにらむといった。

「久野さんたちが甘いから、あいつらつけあがるんですよ。口先だけで、ひとりじゃなにもできないくせに」

「だからといって、デモ隊を暴力で潰してもなんにもならないだろう。おたがいヘイトスピーチを止めさせる目標は同じだ。平和的な手段でいかなければ世論の支持は得られない」

堀口がおれとタカシをちらりと見ていった。

「へ民会のボディガードか。こいつらは？」

久野代表がいった。

「こちらが池袋の顔役の真島誠くん。で、彼がGボーイズのキングで……」

堀口がつぶやいた。

「安藤崇か。うちのグループにもおまえのところの元メンバーがいる。在日の韓国人と中国残留孤児の二世だ」

顔役と紹介されたことより、やつがタカシの名前しかしらなかったのがショックだった。いちおうこれでもキングとおれで池袋のツートップのつもり。タカシは氷の面を崩さない。

「そうか、やつらの面倒を見てやってくれ。塀のなかには落とすなよ」

堀口はいらついたようだった。

「塀のなかがどうした？　ときに法律に反しても、やらなきゃならないことがある。人間には尊厳というものがある。そいつを傷つけられたら、塀のむこうに落ちようがやるときはやるんだ。それが人間ってもんだ」

堀口に半分賛成。おれも中排会のやり口には反吐《へど》がでる。久野が反論する。

「気もちはわかるが、暴力はいけない。逮捕者がでれば、こちらが悪者になる。それでは結局、中排会の思うつぼだ。彼らは正義のために闘った被害者の振りをして、ますますヘイトスピーチをエスカレートさせる」

堀口はにやりと笑っていった。

「頭からひとりずつ潰されても、やつらにデモを続ける根性があると思うか。レイシストなんて、ひとりひとりは気の弱いおっさんやお坊ちゃんだぞ」

タカシも堀口に共感したようだった。

「好きなようにやらせて、中排会を潰させたらどうだ？　あんたたちへ民会に傷はつかないだろう」

　久野代表が厳しい顔をした。

「そうはいかない。そこにいる堀口竜也《たつや》はヘ民会の東京支部代表だった。問題を起こせば、こちらも無傷とはいかないんだ。中排会は裏でヘ民会とレッドネックスがつながっていると主張している」

　そういうことか。おれは今回の依頼の裏にようやく気がついた。ヘ民会は平和主義の反ヘイトスピーチ団体。そこから分派した武闘派が堀口のレッドネックス。アメリカ南部の畑仕事で首筋を真っ赤に日焼けさせた貧しい農民だ。

　おれとタカシ率いるGボーイズが守るのは、「中国人を祖国日本から徹底排除する市民の会」のほうだった。おれは心底うんざりして、再びプラカードと日の丸を掲げ、歩きはじめたデモ隊に目をやった。やつらはメガホン男に先導され叫んでいる。

「シナ人はー、敵だー」

「シナ人はー、でていけー」

「シナ人をー、たたき殺せー」

　こいつらのボディガードが仕事なのだ。おれはさっさと職場放棄して、この冬流行のパンケーキでもくいにいきたくなった。こんなに気がすすまない仕事は、生まれて初めて。

「ちょっと待ってくれ」

白いコックコートを着た五十がらみの男が角の雑居ビルからでてきた。腰にさげた手ぬぐいでこするように手をふいている。中排会のナンバー2、塚本の叫び声がメガホンからとどろいた。

「華陽飯店の山下《やました》、はずかしくないのかー」

何人かのメンバーが復唱した。

「はずかしくないのかー」

おれはラーメン屋のおやじの顔を覚えていた。店には二、三度いったことがある。うまくもまずくもない普通の味だった。おやじはてっぺんが薄くなった頭をかきながらいう。

「お願いだから、静かにしてくれ。おれだって、あんたらと同じ日本人じゃないか。うちはこの街がチャイナタウンになるまえから、ずっとここで店やってんだ」

スポーツ刈りの塚本が叫ぶ。

「やかましい。若い中国女に骨抜きにされて、それでもニッポン人かー。日本人なら中華じゃなく、日本料理の店をやれー」

むちゃくちゃな論理だった。おやじの周囲を複数でとりかこみ、中排会のメンバーが顔の直近で罵声を浴びせている。色ボケ、女スパイの手下、センカクはどの国のものかいってみろ。不愉快だが、おれは冷静に西一番街の交差点を眺めていた。

土曜の夕方の人の流れが、信号のない繁華街を抜けていく。水面から突きだした岩が流れを割るように、中排会を避けて人々は駅のほうにむかっていた。ヘイトスピーチのデモを監視するための私服の刑事も、制服の巡査もたくさんいる。耳にナイフを刺されるようだが、これでも非暴力的な行進だ。言葉の暴力というのは、法律上この国には存在しない。

「痛い、いたた、たたー、なにをするんだ」

その叫び声はメガホンでなく、じかにチャイナタウンの路地を打った。芝居がかった調子。ラーメン屋のおやじが薄汚れたタイル張りの路地で転んでいた。手をだされた振りをして、警察にでも助けを求めるのだろうか。こんな抗議活動が続けば、書きいれどきの週末の夜があがったりである。

おれたちのそばにいたレッドネックスの堀口がにやりと笑って、へ民会の久野代表に目くばせし、カーペンターパンツをはいたガタイのいい男たちにいった。

「被害者がでた。いってこい」

華陽飯店のおやじをとりまく中排会のメンバーを、倍の人数で押しかこむ。

「おやじさん、だいじょうぶですか」

レッドネックスの男が叫んでいた。おやじはその場にしゃがみこんで、頭を押さえていた。

「中排会になぐられた、おれは中排会になぐられたぞ」

レッドネックスをさらに中排会が倍の人数でとりかこむ。物騒なフォークダンスのように輪が重なった。あちこちでもみあいが始まる。どちらも盛んに相手に先に手をだされた、なぐられたとアピールする。誰が先に手をだしたのかわからないまま、レッドネックスと中排会の騒動になった。警笛が吹かれ、制服の警察官があいだに割ってはいった。私服の刑事はデジカメで、両グループの男たちを撮影している。池袋署の刑事でなく、公安かもしれない。西一番街が騒然となった。野次馬が叫んでいる。

「やれ、やれー、どっちでもいいからもっと本気でぶんなぐれ」

パトカーのサイレンが遠くで鳴り、怒号が飛び交っている。ここはうちの店からほんの数百メートルの場所だ。池袋はいつから、こんなに荒れた街になったんだろうか。

目のまえが真っ暗になりそう。


騒動を横目で見ながら、タカシがいった。

「あのラーメン屋のおやじと口裏をあわせておいたのか。レッドネックスもやるもんだな」

無関心無感動の氷のような声。堀口は池袋のキングにもまったくひるまない。

「さあ、どうだろうな。善良な市民が暴力行為を受けていたら、おれたちは黙っていない。中排会やへ民会と違って、ちゃんと手も足もだすんだ。なにせ頭が悪いもんでな」

おれやタカシは明らかにへ民会の久野代表より、武闘派反差別主義者の堀口寄りだった。ひと言でいって育ちが育ちである。

「で、Ｇボーイズはどっちにつくんだ？」

タカシは平然といった。

「金をくれるほう。おれはおまえたちの正義に興味はない」

飛び交う怒号のなかでも平気な顔でいられるわけだった。キングにとってはこのヘイトスピーチのデモも、よそ者が池袋にやってきて起こすコップのなかの嵐にすぎないのだろう。嵐は勝手にやってきて、勝手に去っていく。正義がどちらにあろうと、街とそこに生きる人間は残るのだ。

「あんたは真島誠とかいったな。おれは金では動かない池袋のトラブルシューターの噂をきいたことがある。あんたもキングと同じなのか」

光栄だったが、自分でも意外なほどとげとげしい声になった。憎しみの言葉を頭から浴びすぎたのかもしれない。

「おれはあんたたち両方とも早くこの街から、でていってほしいだけだ。今はGボーイズと動いているが、どっちの肩をもつこともない。金をもらって動いているわけでもない」

堀口はじっとおれの目をのぞきこむと、肩をすくめた。くるりと振り返り悠々とラッシュアワーのようにもみあう集団にむかっていく。中排会が叫んだ。

「シナの手先、ニッポン人として恥をしれ！」

レッドネックスが叫び返す。

「レイシスト！　おまえらが先に死んでみろ」

武闘派のレッドネックスが押しているようだが、そこに応援にきた機動隊がなだれこんで、乱戦は鎮まった。誰も逮捕者はいないようだ。ラーメン屋のおやじだけが、盛んに最初に中排会になぐられたとアピールしている。野次馬が吐き捨てるようにいった。

「ぜんぜんおもしろくねえな。もっと気合いれて真面目にやれ」

おれもその意見に賛成。暴行傷害と公務執行妨害で半分くらい池袋署に連行してしまえばいいのに。そうすれば、すこしはおれのホームタウンも静かになる。

中排会のヘイトスピーチデモは、それからさらに九十分ほど続いた。ウエストゲートパークか

ら始まって、二時間半後JR池袋駅北口のくすんだ広場でやつらは解散した。最後のシュプレヒコールは、シナ人は帰れ！シナ人は死ね！の五往復のコール&レスポンスだった。

おれとタカシはすこし離れたパチンコ屋のまえで、やつらの高揚した顔を見つめていた。中排会代表の城之内文香が嗄《か》れた声で叫んだ。

「来週もこのチャイナタウンを殲滅するためにデモンストレーションをおこないます。日本を愛する日本人は、ぜひ参加してください。本日はお疲れさまでした」

城之内のとなりには、身長二メートルほどある壁のような男がにらみを利かせている。いつのまにかナンバー2の塚本の姿が見えなくなっていた。おれはタカシにいった。

「おれは店にもどるけど、これからどうすんだ？」

タカシは昼より明るいパチンコ屋の照明の洪水のなか、腕を組んでにやりと笑った。

「こっちはこれからが本番だ。やつらをこっそりとガードしなけりゃならない」

おれは北口広場でハイタッチを繰り返す中排会のメンバーをうんざりと眺めていた。死ね！殺せ！と叫んだことで、きっと一大鉄槌《てっつい》を悪の中国人にくだしたつもりなのだろう。

「久野によるとデモの帰り、ばらばらになったところをレッドネックスは襲う計画らしい。中排会のやつらは暴力には慣れていないので、徹底的に締められるとこっそり脱会するそうだ」

それも悪くない選択のように思えた。すくなくとも何人か、来週のデモ要員が減る。

「あの腐ったガキどもを守るのか。タカシも飛んだ汚れ仕事だな。で、おれはなにをすればいい？」

タカシはがっかりした顔でおれを見る。

「こっちにわかるはずがないだろ。中排会とレッドネックス、なんでもいいからやつらの情報を集めろ。やつらを黙らせられるなら、なんでもいい。やつらがこの街にくる気が失せるようなら、なおいいな」

　過激な伝統主義者と過激なリベラリスト、そんなやつらに池袋のガキのようなちゃちな秘密があるのだろうか。あてなどなにひとつないが、おれはいっていた。

「今回は全速力で探すよ。一秒でも早く、やつらに消えてほしいからな」

　クリスマスだって、もうすぐなのだ。あんなデモが土曜日ごとに襲ってきたら、酒がまずくてしかたない。おれが鼻をつまんで店に帰ったのは、やつらの言葉が残した臭いが臭くてたまらなかったからだ。

　なあ、日本では言葉を言霊《ことだま》っていうだろ。腐った言葉には腐った臭いがこびりついて、いつまでもあたりに漂うのだ。ＰＭ２・５に負けない環境汚染だと、おれなんかは思うけどね。

　店番にもどって、ＣＤラジカセに清らかな音楽をかけた。
　アンドラーシュ・シフのバッハとベートーヴェン。最近のＥＣＭ録音はピアノ線でなく水晶の棒でもたたいてるような澄み切った響き。心が洗われるとはこのことだが、音楽だって政治と無関係じゃない。音楽が音楽だけでいられるほど現代は甘くないのだ。
　シフはハンガリー出身、祖国ハンガリーでは今ガチの極右が台頭している。こいつはとあるジャーナリストの言葉だ（前世紀じゃなく、現在のな）。

「ロマの多くは動物以下で、社会からとり除かれるべきだ」

ハンガリーはEU加盟国だが、あの金融危機からこっち経済はどん底に沈んだまま。貧しくなれば、どこの国でも差別主義の民族派が勢力を伸ばす。この国の場合、ターゲットはロマ系とユダヤ系。シフはユダヤ系で散々バッシングにあっているらしい。

さっきのジャーナリストの正直すぎる発言のひと言「ロマ」を「シナ」に替えてみてほしい。まったく中排会の代表が叫んでいたことと変わらない。理由づけのロジックも、徹底した他民族排斥もな。人の心は弱い。生活が貧しく苦しくなると、ターゲットを探したくなる。自分の苦しみの理由を、誰かのせいにしたくなる。そいつはハンガリーだろうが、日本だろうが、中国だろうが、なにひとつ変わらない。

おれがぼんやりとバッハの「パルティータ」をきいていると、おふくろがいった。

「いい音楽だねえ。あたしはピアノのことなんて、ぜんぜんわからないけど、たいした名人なんだろ」

西一番街はいつもの土曜の夜にもどっていた。禁止された客引きもちらほら。生脚ミニスカの新人キャバ嬢がチラシを撒いている。学生や若いサラリーマンが泥のように固まって、安い居酒屋から安いカラオケ店に流れていく。ネオンサインは冬の夜の空気にカミソリみたいな切れ味で、原色の光を放っている。

自分が差別されても、こんな演奏を世界に返す。人間って、どうしようもなくダメかと思うと、どえらい高潔さを見せるよな。そいつは人間だけでなく、池袋というこの街も同じだが。

おれがバッハの鍵盤作品について解説してやろうとしたところで、いきなり背中から誰かに襲撃された。おれの頭のなかには中排会メンバーののっぺりとした顔が浮かんだ。幸福そうに目にはいる人間すべてに、死ね！と叫んでいた笑顔だ。あわてて振りほどき、突き飛ばす。

「痛ーい！　なにするのよ、マコ兄《にい》」

カゴに盛った有田ミカンの山に、郭順貴《クーシュンクイ》が尻もちをついている。クーはおれの戸籍上の妹で、キャバクラ「新天地《シンテイエンディ》」のナンバー１ホステスだ。そういえば背中になにかがぶつかったとき、やわらかな感触があった気もする。あれはクーの胸だったのだ。投げずに、じっと味わっておけばよかった。

「ごめん、ごめん。夕方のデモで、ちょっと殺気立っててな」

おれは手を伸ばし、クーを立たせた。

「このワンピ、新品なんだよ。ミカンの染みはとれないんだからね」

真剣に怒っている。なんだかすっかり洗練されて研修生だったころの純朴さはかけらもなかった。日本の若い女とたいして変わらない。クーは身体をよじって、自分の尻を見ていた。ボディラインにぴたりと沿った白いニットワンピースで、そんな格好をしていると、嫌でも西一番街では目立ってしまう。

「クーちゃん、だいじょうぶかい？」

おふくろがタオルをわたしてやった。通行人とむかいのコンビニのバイトがクーをガン見している。おれはクーの手をひいて、果物屋の奥に引っ張りこもうとした。

「そんなポーズしてると、視線だけで妊娠するぞ」

「ちょっとやめて、マコ兄、今日は紹介したいお友達がいるんだから」

ぜんぜん気づかなかった。店先の街灯の明かりからはずれて、女がひとり立っている。クーのようなブランド品ではないが、こちらもニットのワンピース。中国人の好きな赤、幅広のベルトはゴールドだ。ひと言でいうと、どえらいグラマーだった。スタイルのいいクーの身体が板のように見えるくらい。胸は重力に負けることなく自衛隊最新型の10式戦車（ちなみに読みはヒトマル式な）の砲身のように垂直に突きだしている。しかも二連砲。

顔はちょっと残念。太めの女漫才師みたいだ。でもこの身体なら、おつりがくるという男も多いことだろう。クーが尻をタオルでたたくようにふきながらいった。

「こちらは山下明花《メイファ》さん」

名字をつい最近きいた覚えがあった。あれは中排会のデモの最中、西一番街の交差点で……。メイファがていねいに頭をさげた。おれはつい叫んでしまった。

「ラーメン屋のおやじの……」

クーがおれの肩をたたいた。形のいい唇がとがっている。

「失礼だな、マコ兄。華陽飯店のオーナーの奥さんだよ。メイファがちょっと相談があるんだって」

おれはさりげなくメイファの全身をスキャンした。パソコンみたいに、一度で全部記憶できればいいのだが。離婚の相談だろうか。すくなくともメイファはあのおやじと二十歳近くは離れているはずだ。おふくろがいった。

「ほら、あんたたち、寒いからなかはいりなさい。ちょうどトン汁ができてるよ」

大量の玉ねぎを投入し、ニンニクを利かせたおふくろのトン汁は、クーの大好物。東京のはずれの下世話な街らしく、ちょっと濃いめのあわせ味噌味だ。

「やったー、お母さん、大好き！」

クーはぴょんと跳ねると、おふくろに抱きついた。おふくろはおれをちらりと見ると、しみじみいった。

「やっぱり女の子はいくつになっても、かわいげがあるねえ。それに比べて」

あとはなにもいわずにクーと店の奥に消えてしまう。おれがガキのころからグレたのには、ちゃんと正当な理由がある。家庭内（言葉の）暴力。


クーとおれは競うようにトン汁をお代わりした。寒い冬の夜のトン汁って最強のメニューだよな。メイファはおいしいといったが、お椀に半分残してしまう。顔色がよくない。なにか深刻なトラブルだろうか。

おれたちは二階のダイニングキッチンにいた。といっても六畳の台所にテーブルをおいただけの質素なものだが。おふくろは晩飯の準備をすると、さっさと店番におりていく。職住近接もこれくらいになると、便利なのかどうかよくわからなくなる。トン汁をかけた飯をかきこんで、十五秒後にはしたで店番をしているのだ。おふくろは最後に声をかけていった。

「きっとあの中排会とかいういかれ集団のことなんだろ。マコト、メイファさんの相談にちゃんとのってやるんだよ」

おれは歯ごたえが残るごぼうをかじりながらいった。

「わかってるよ。さっさと店にいってくれ。土曜の夜なんだ。太い客逃すぞ」

ボーナスあとの土曜の夜は酔っ払いも気がおおきくなっている。ひとつ五千円のマスクメロンをまとめて五つ売ったこともあるくらいだ。

「マコ兄、お母さんにそんな口のききかたすると、わたしが許さないよ」

クーが目をつりあげている。妹がかわいいのはアニメやラノベのなかだけで、実際にはすぐに押されるようになる。どんな属性がついていても、女は強い。

「はいはい」

おれが返事をすると、メイファが顔を崩して笑った。いい感じの崩れかた。おれは美人でもそうでない人でも、思い切り笑う女が好きだ。階段をおりる音を確認してから、質問した。

「メイファさんのトラブルって、中排会がらみなのかな」

メイファが肩をすくめた。それだけの動作で小玉スイカほどある胸がゆさゆさと揺れる。クーがいった。

「マコ兄、よだれ垂れてるよ」

ほんとうに垂らしているんじゃないかと心配になったが、おれは中国からきた妹を無視した。メイファを見つめる。今度は胸でなく、目の奥だ。人がなにかを語るとき、真実かどうかは目の動きにあらわれる。人の目をのぞきこむのは、おれのよくない癖のひとつ。タカシやサルには刑事みたいだと、よくからかわれる。

「中排会っていうんですか、あの人たちとは関係ないと思うんだけど」

メイファの日本語はクーと同じくらい達者だった。

「なにがあったんだ」

メイファはクーを見てうなずいてから、おれにいう。

「誰にも話さないでほしいんですけど、最近動物の死体が店のまえに捨ててあることが何度かあって」

くいもの屋の店先に死体をおく！　悪質な嫌がらせだ。

「どんな動物なんだ」

「あの、たぶん野良だと思うけど、犬とか猫とか」

クーが自分のスマホに何度か指を走らせた。

「これ、見て。マコ兄、ほんとにひどいんだよ」

たぶん真夜中の華陽飯店の勝手口なのだろう。しょぼい白熱電球に照らされてごわごわの毛をした灰色の犬の死体が横たわっていた。誰かが撮影して、ネットにアップしたのだ。写真のキャプションはこうだった。この店のラーメンは犬の頭蓋骨から、ていねいに出汁《だし》をとってまーす。

「それと、こっちも」

クーが見せてくれた別な写真は、店の正面入口。ガラス扉の取っ手にひもがさがり、その先はやせたサバトラの猫の首に結ばれていた。華陽飯店、名物ネコ餃子、四百二十円。

「半年くらいまえから、嫌がらせはあったんです。生ゴミが荒らされて、店のまえに撒き散らしてあったり、店の入口に犬の糞が捨ててあったり。でも、これはひどすぎます」

確かにいたずらの範囲を超えていた。飲食店には厳しい営業妨害だ。

「なにかおやじさんはトラブルを抱えていないのか」

メイファが首をかしげただけで、胸もななめになった。

「マコ兄！」

クーの警告が飛ぶ。つぎでレッドカードだ。おれはメイファの顔からしたへ視線をさげられなくなった。

「あの人にきいてみたけど、とくにはなにも」

「じゃあ、メイファさん、あんたは？」

「わたしにそんなことあるはずないよ」

強くいい切った。なぜか中国人って日本語で話してても、割と声がおおきいよな。

「そうか。チャイナタウンのほかの店で、こんな嫌がらせがあったなんて話はきいたことないかな」

おれとしては中排会の線をはずすことはできなかった。もしやつらが嫌がらせをしていて、現場を押さえられれば、業務妨害で警察の出番になる。うまく法律をつかうのが、こんな場合は一番カンタンだった。

「うーん、ないよ」

メイファが腕を組むと、両手のうえにスイカがふたつのった。おれは決死の覚悟で視線をあげたままにする。息づまる十数秒の沈黙ののち、クーがいった。

「そういえば、あのビルのなかで、何カ月かまえにボヤ騒ぎがあったよね」

メイファの顔がぱっと明るくなった。

「あった、あった。あれはおおきな火事にはならなかったけど、火をだした喫茶店は店を閉めたよ。おじいちゃんがうちにも謝りにきてたもの」

「そのじいさんの名前わかるかな」

「うん、うちの人にきけばきっとだいじょうぶ。あの喫茶店って、ビルができたときからずっとあったらしいんだ。うちに帰れば紙マッチがあるよ」

紙マッチに店主の名前まではいっているとは思えなかったが、別にいいだろう。

「ほかになにか思いだしたことがあったら、気軽に電話してくれ」

おれはメイファと電話番号とアドレスを交換した。妹が監視してるなかでスーパーグラマーな人妻とそんなことをするのは、ひどくスリリング。最後にきいてみる。

「あのさ、山下さんとメイファさんはいくつ違うのかな」

「十七歳だよ。あの人が五十三で、わたしは三十六」

「あのダンナのどこがよかったの」

クーがまたイエローカードをだした。これで退場だろうか。

「ちょっとマコ兄」

すこしくらいは事件と関係のない個人的な質問をしてもいいじゃないか。どうせ金を受けとらないのだから。

「どこかなあ。やさしくて、まじめに働くところかな」

メイファはそういうと、ぽっと頬を赤らめた。

「あとはニッポン人がよくいう相性かな、身体の。なにいわせるのよー、マコトさん、スケベーだね」

夜の店ではこんな会話に慣れているはずのクーが憮然としていた。おれはクーが働く新天地にいったことはない。妹がどんなふうに下ネタをきき流すのかはわからなかった。クーが池袋の酔っ払いの下品な下ネタで笑っているところを想像してみた。まったくおもしろくない。おれは顔を赤くしたメイファに冷静にいう。

「ありがとう。参考になったよ」

なぜかクーがおれをにらんでいた。


メイファが帰っていったあとで、おれはおふくろと店番を交代した。夜の繁華街にバッハの鍵盤作品が流れる。まだ今回の事件のことはぜんぜんわからないので、あまり考えなかった。ただ夜の人やクルマや光の流れだけ見ている。そんな時間がおれは嫌いじゃない。なんといっても土曜日の池袋なのだ。どこか華やかな週末の空気が流れていた。

しばらくして、クーが店の横にある階段をおりてくる。店の奥にくると、おれのとなりのリンゴ箱に腰をおろした。おれはサンふじを放ってやった。両手で受けたクーにいう。

「元気でやってるか」

クーはこの街に住んでいるが、うちに顔をだすのは週に一度くらいだ。ときに二週間も顔を見せないこともあった。戸籍上はおふくろの娘で、おれの妹ということになる。店の二階は狭くて、おふくろとおれが住むだけの部屋しかない。

「うん、わたしのほうはだいじょうぶ。うちのむこうの家族もね」

河南省にはクーの両親と妹や弟がいる。父親の腎臓移植はうまくいったそうだ。クーは数百万円の借金を背負って、キャバクラで働いている。

「淋しいな」

いきなりクーがそういった。意味がわからなくて、おれは黙っていた。

「わたしがじゃなく、今の空気が」

「どういうこと?」

「わたし、夕方のデモをすこし離れて見ていたんだ。通りの反対側。でね、高校生くらいの女の子がわたしに気づいた。目があったんだよ。その子はいきなりわたしに『シナ人は死ね!』って叫んできた」

おれは息をのんだ。なにもいえない。

「ごめんな」

「マコ兄があやまることとなんてないよ。日本人のほとんどが、そんなことをいわない親切でいい人だって、わかってるしね。でも、すごく淋しかった。人から直接死ねっていわれたのが生まれて初めてだったせいかもしれない」

クーが頭をおれの肩にもたせかけてきた。肩が熱くなる。

「わたしはもう日本国籍もあるけど、やっぱり中国人なんだよね。それは絶対に変わらないことなんだ。この街以外のところでは生きていけないのに、死ねとか出ていけっていわれる。すごくしんどかった」

クーがすこしだけ泣いた。おれは妹の肩に手をまわし、そっと抱いてやった。不思議と中排会に憎しみは感じなかった。あいつらも格差社会のニッポンで、ひどい目にあっていることだろう。ただ淋しかった。あんな憎しみの言葉を吐く側も、それを放置したままでいる側も、みなおれたちなのだ。格差の底辺に近いところで、搾《しぼ》りとられるだけのおれたち。おれは絶望的な気分だった。

この事件のゆく末がはっきりと見えたからだ。おれやタカシやへ民会が動いて、たとえ中排会の問題が解決しても、つぎのより過激でより憎しみの強い団体があらわれるだろう。

憎しみの火は聖火リレーのようにつぎつぎの手にわたされる。なにも日本だけではない。それは世界中で起きているごくありふれた現実だ。

数日後、おれがデートしたのは羽沢組系氷高組の幹部、サル。

といってもおれには幼なじみのいじめられっ子だ。おれたちはグリーン大通りを一本はいったところに新しくできたオープンカフェに席をとっていた。ひざのうえにはタータンチェックの毛布。メープルシロップをたっぷりとかけたパンケーキに、サルがナイフをいれている。おれはいった。

「ホイップバターもたっぷり塗ったほうがうまいぞ。組関係の人間とはこんなこじゃれた店こられないだろ」

店は話題のニューヨークスタイルの朝食をだすところ。エッグベネディクトとか焼き立てスコーンとかね。サルはおれを無視して、おおきなひと切れを口に押しこんだ。

「こいつはうまいな」

コーヒーをひと口のんでいう。

「どこがニューヨークなんだかわからないが、今度女を連れてきてみる」

驚いて、おれはいった。

「おまえ、女がいるんだ？」

「それは何人かいるさ、呼びだせば、すぐにでてくる女たち。みんな、そんなもんだろ」

おれにはそんな便利なものはいなかった。衝撃を隠して、仕事にもどった。

「最近、チャイナタウンの噂をなにかきかないか」

サルは黒革のトレンチコートを着ていた。小柄だから似あわないと思うだろ。それが意外と様になっているんだ。おれとは違い、いい年のとりかたをしたのかもしれない。

「別にきかないな。おまえもよくしってる、例の再開発くらいだ」

中国系の店主や土地もちが組んで、池袋駅西口から北口にかけて、大規模な再開発を計画中という記事を、おれも新聞の地方面で読んだ覚えがあった。

「金をだすのは、中国系のファンドとかなんだよな」

「ああ、そういう話だ」

おれは紅茶にしていた。ミルクをたっぷりと角砂糖をふたつ。性格と同じで甘いのが好きなのだ。

「中排会について、そっちの世界でなにか噂をきかないか」

「あのヘイトスピーチ団体か。まあ、暴力団が裏で右翼団体をやってるなんて、よくある話だから、こっちの業界ではそう評判は悪くない。だが、あまりに口だけで信用できないって感じかな。本気でやるなら、さっさと一人一殺で突っこんでみろ。そういうやつも多いな」

業界によって中排会の評価もさまざまだった。サルがパンケーキでシロップをぬぐい、またひと口たべた。三枚あった分厚いケーキがいつのまにか最後になっている。

「そうだ。そういえば、池袋にある京極会の三次か四次団体の誰かが、中排会にはいったと耳にしたことがある。あれ、誰だっけな」

あまりいい筋ではなさそうだが、いちおうおれは念を押しておいた。

「どこの組織で、どんなやつか調べておいてくれないか」

「わかった。ところで、今回マコトはなにするんだ」

真冬のビル風が吹いて、オープンテラスを駆け抜けた。おれたち以外には寒さなんて関係ないという熱々カップルがひと組肩を寄せあうだけ。震えながらおれはいった。

「反中排会の過激なやつらがいてさ、そいつらから中排会を守るんだ。すくなくとも池袋では暴力沙汰が起きないようにな」

サルは前歯をむきだして笑った。

「なんだかバカみたいだな。そいつらと中排会とチャイナタウンの中国人、みつどもえでつぶしあわせればいいじゃないか」

やはりむこうの業界人はハードな意見をもっているようだ。おれはタカシと三人で、忘年会か新年会をやらないかといって、サルと別れた。やっぱりオープンカフェには男ふたりでいくもんじゃないよな。おれの背中は、つぎの目的地に着くまで妙に薄寒かった。

そのまま歩いて、都電荒川線の東池袋四丁目駅までいった。一両だけの渋い電車にのり、大塚へ。風俗好きのあいだじゃ大塚といえば熟女風俗で有名だが、おれのお目当てはおなじ熟年でも男のほう。

　メイファから教えられた住所をスマホで探しながら、こみいった路地をいく。このあたりは太平洋戦争で空襲を受けなかったところがそのまま残っていて、ひどく道が狭くて、うねうねと曲がっている。通りの角を曲がるとどこからか三味線の音がきこえてきたりするのだ。昔は粋《いき》な三業地だったというし、雰囲気は悪くない。

　探しあてたのは、瓦《かわら》をふいたちいさな門のあるなかなか見事な和風の屋敷。インターホンが真新しくて、そこだけ減点だ。ボタンを押して、おれはいった。

「すみません、お電話さしあげた真島です。第三昭栄ビルについて、お話をうかがいにきたんですけど」

「ああ、はいりなさい」

　ぶっきらぼうな返事だった。おれは門を開けて、飛び石を踏み、玄関にまわった。ガラス格子の引き戸を開くと、老人が立っていた。黒光りする木刀をおれののど元に突きつけてくる。

「ちょっと待ってくださいよ。おれは怪しい者じゃないですから」

　どこかから低くチェロの音が流れてきた。とっさに叫んでいた。

「これ、バッハの無伴奏チェロ組曲ですよね。音楽が好きな人間に悪いやつはいないっていうじゃないですか」

木刀の切っ先がわずかにさがった。

「世のなか、そんなに単純にはいかん。音楽好きな悪党などいくらでもいる。まあ、あんたはそう悪くないようだ。あがりなさい。ただしふざけた真似をするとこうだ」

びゅっと風切り音が鳴り、おれの頭上五センチに木刀が振りおろされた。


木刀を片手にさげたじいさんに続いて、家にあがった。古い日本家屋だが、どこか雑然とした雰囲気。廊下のあちこちに開いていない段ボール箱が積まれている。奥にある八畳間にとおされた。つかいこんだ座卓と文机《ふづくえ》、テレビはないが壁際に英国製の小型スピーカーがスタンドに載せて、きちんとセッティングしてある。そこから音量を絞った無伴奏チェロ組曲が流れていた。

「今、茶をいれる。座りなさい」

老人が台所に消えた。コーヒーの香りが流れてくる。なかなかもどってこなかった。おれはバッハの組曲を一曲分丸々きいた。だいたい十五分くらい。老人はもどってくると、無言でおれのまえにコーヒーカップをおいた。皿つき。

「久しぶりに人にいれたんだ。少々まずくても我慢しなさい」

老人の名前は鳥井《とりい》芳史《よしふみ》、半年ほどまえまで西一番街のビルで喫茶店を開いていた。店の名はクレッシェンド。名物はクラシックのアナログレコードとハンドドリップのコーヒーだったそうだ。

おれは砂糖もミルクもいれずに、ひと口のんでみた。香りが深い。

「おれは真島誠っていいます。第三昭栄ビルのトラブルで、一階の華陽飯店の奥さんに頼まれて、すこし調べごとをしています」

きいているのだろうか。腕組みをしたままの鳥井老人に変化はなかった。

「このコーヒーすごくうまいです。引っ越ししたばかりなんですか」

ほんのわずか微笑んだようだ。家のなかが静かなのは、ひとり暮らしのせいだろう。

「ああ、パラダイスにいられなくなってな」

初めてきいた名前だった。

「パラダイスって、あの雑居ビルのこと？」

「ああ、あんたは若いからしらないだろう。あのビルができたころは、それは洒落《しゃれ》た建物だった。ちょっと待て」

じいさんが文机の引きだしを探し始めた。この人の場合、ちょっとの時間が長いらしい。おれがコーヒーをのみ切って、チェロ組曲が終わったころ、古いアルバムをとりだした。

「楽園というのは、若くて新しいということなのかもしれん」

若草色の表紙のアルバムをこちらにむけてくれる。おれは思い出のアルバムを開いた。


ぴかぴかの新築の第三昭栄ビルがモノクロで何枚も撮影されていた。開店したばかりの音楽喫茶のソファには、若き日の鳥井老人と若い女性が座っている。

「奥さんですか」

憮然としていう。

「ああ。八年まえに脳卒中で亡くした。わたしより七つも年下だったんだがな。順番が逆だ」

おれはぱらぱらとページをめくっていった。モノクロの写真には、妙にめかしこんだ若い男女とあの雑居ビルの青春の姿。三分の二を中国系の店に占められて、中排会のターゲットにされている今とは似ても似つかない姿だった。池袋の街も若かった。なにせ高層建築はほとんどないのだ。道も空いてて、空もやけに広い。

「池袋パラダイスといえば、今から半世紀以上昔には最先端の建物だった。地上三階までが商店フロアで、レストランや洒落た洋装店や写真スタジオなんかが入居していた。その上の四階分が分譲のアパートメントだ。職住近接で、池袋駅まで徒歩四分。抽選の倍率は六十倍を超えた部屋もあった。それが今は」

老人は言葉を失くしている。今のあのビルはひと言でいって、池袋駅前のお荷物。

「最近、華陽飯店に嫌がらせが続いています。死んだ動物を入口に放置されたり、生ゴミを撒き散らしてあったり」

シャッターがおりたように鳥井老人の顔が無表情になった。

「そうか」

とりつくしまがない。おれは話を変えることにした。

「クレッシェンドのボヤ騒ぎなんですけど、出火の原因はわかっているんですか」

「過失による事故だということになった。出火場所はオーディオセットのコンセントだった。アンプというのは一度点《つ》けたら火を消さないものなんだ」

おれはCDラジカセだって、毎日こまめにスイッチを切っていた。驚いていった。

「そういうものなんですか。しらなかった」

「あんたは休むときに心臓を止めるか。トランジスタ式のアンプなら、いつでも働けるように予熱しておくのがあたりまえだ」

「それでコンセントから出火した？」

鳥井老人は口をへの字に曲げた。

「消防はそういっていた。コンセントの周辺がひどく燃えていたと。ほこりがたまるか、漏電したかで、火がでたんだろうとな。だが、電源まわりはわたしが半年に一度、ていねいに掃除して電極のクリーニングもしていた。あそこから出火する理由が納得できん」

そういうことか。かまをかけてみる。

「じゃあ、過失でなく放火の可能性もある？」

「そんなことはわからない。消防と警察が過失だといっているんだから、あれは事故だったんだろう。保険会社ともそれで決着している。それにな」

おれは言葉の続きを待った。鳥井老人はおれに背をむけると、レコードの内周部でうねる針をあげて、アナログプレーヤーの回転を止めた。ポリ袋にていねいにLPをいれて片づける。一連の所作は手慣れたもので、まるでお茶の作法でも見ているようだ。おれにはあんなふうに優雅にCDをとり替えることなどできない。

「それに、なんなんですか」

「あんたに話すことはない。もうわたしは池袋パラダイスとはなんの縁もなくなった年寄りだ。

だいたいあのビルはもう終わりなのだろう?」

　再開発の話だろうか。おれはまだその線を調べていなかった。

「わかりません。鳥井さんの店だけでなく、ほかでもなにかトラブルがあったという話をきいていませんか」

「さあな」

　目をそらしたまま文机のうえの写真立てを見つめている。池袋パラダイスという看板のしたに立つのは、若き日の奥さんだった。提灯《ちょうちん》袖の半袖ブラウスにタイトスカート。パーマは昔の吹替え版の洋物テレビドラマみたい。

「なにがあったにしても、わたしとは無関係だ。パラダイスから逃げだしたんだ。もうなにもしてやれることはない。コーヒーをのんだら、帰りなさい」

　とうにおれのカップは空だった。おれは立ちあがり居間からでた。老人は見送りにこない。玄関で靴をはきながら、おれは考えていた。あの老人はなにかを隠している。だが、成果はあった。池袋パラダイス。あの建物の歴史をしっただけでも、でかい収穫だ。

　今では見る影もない大型雑居ビルだが、すくなくともこの半世紀以上、あの第三昭栄ビルが池袋のマイルストーンだったのだ。それは再開発でもきっと変わらないことだろう。

　大塚駅前から都電荒川線にのって、池袋に帰った。この電車は実にいい味をだしているので、東京在住ならわざわざでかけてのる価値があると、おれは思う。線路沿いに生えたヒマワリやタ

ンポポが車両の風で揺れているのを見ているだけで、幸福な気分になれる。

東池袋四丁目でおりて、おれはぶらぶらと首都高のガードしたを歩いた。アベノミクスかなにかしらないが、すくなくともここの段ボールハウスの数は、まったく減ってはいない。おれはスマホを抜いてラインの無料通話をかけた。

「はい、林高泰《リンガオタイ》です」

おれは中国式でもしもしといった。

「ウエイウエイ。マコトだ」

リンにはまったく受けなかった。キング・タカシに負けない冷静さで返事がくる。

「マコト、今大切なビジネスミーティングの最中です。十五分後にコールバックします」

通話が切れた。なんというか優秀な官僚みたいな男。しかたなくおれは店に帰ることにした。寒々とした東池袋の再開発地には四十階ばかりの超高層ビルが建ち並ぶ。アウルタワー、エアライズタワー、ヴァンガードタワー、パークタワー。おれは巨人の足元を蟻のようにとおりすぎた。

考えてみると、再開発といってもこんなビルが建つだけなのだ。都市の景観ではなく、その過程で動く金だけが問題なのかもしれない。


その夜、西口のスターバックスで、おれとリンは落ちあった。

アメリカ系のカフェで、日本人のおれと元中国人で日本国籍を取得したリンが会う。なんだかおかしな感じ。かかっていた音楽はフランス語で歌うセネガルのポップス。なあ、池袋も案外グローバルだろ。カフェラテを買って、外の通りにむかうカウンターに席をとった。もう夜十時すぎだが、ソファの特等席はいっぱい。

「リン、元気そうだな。最近、なにやってるんだ」

黒い細身のスーツがやつの制服。昔は中国人研修生をまとめるアドバイザーのような仕事をしていた。クーをおれとおふくろに引きあわせ、日本国籍にさせたのも、半分以上はこいつの描いた絵だった。まんまとはめられたが、それについては後悔していない。

「研修生の制度はまだありますが、すっかり下火になってしまいました。わたしは今、日本に投資したいという中国企業のために橋渡しや調査業務を請け負っています。アドバイザーという意味では、あまり変わりはないかもしれません」

あい変わらず公共放送のアナウンサーのような完璧な日本語。今どきこんなふうにきれいに櫛《くし》のはいったオールバックはめずらしかった。リンの場合、すこしも下品にはならないが。

「もうちょっとくずさないと、すぐに外国人だってばれるぞ。あんたはこの街には品がよすぎる」

「わたしは外国人ですよ。クーさんと同じで、日本人でも中国人でもある。噂でマコトがヘイトスピーチ団体の仕事をしているとききました。どんな内容ですか」

この男の問題点は腹の底が読めないこと。おまけに情報をもらうためには、こちらも情報を与えなければならないことだった。

「中排会はしってるな」

リンは無感情にうなずいた。

「自分が日本人であること以外に誇りをもてない気の毒な人たち」

「その中排会に反対しているへ民会というのがある」

「自分がよりよい日本人であると信じたいおめでたい人たち」

まったく口が減らない男だった。ちょっとおれに似ているかもしれない。

「おれはへ民会に雇われて、中排会を守っている。へ民会から分かれた武闘派が中排会を襲撃する計画があるんだ。そんなことが起きたら報復合戦で池袋はひどいことになる」

にこりと笑ってリンが、カフェラテをのんだ。

「マコトはいつも複雑な立場ですね。このラテは中国では都市の裕福な若者にしかのめません」

なにをいいだすのだろう。黙っていると、リンはガラス窓のむこうを眺めていった。酔っ払いの集団がにぎやかにとおりすぎていく。

「中国の豊かさはまだこの国の人たちが恐れるほどではないということです。農村地帯の戸籍しかもたない大勢の人たちにとって、スターバックスのラテは数日分の労働の対価に等しい」

「だけど裕福な中国人が世界中で不動産や会社を買いまくっているんだろ。あんたもその仕事の片棒をかついでいる」

「そういう人たちは政府の上層部と強力なコネクションがある特権階級です。ひと握りにすぎません。わたしは思うのですが、日本人も中国人も相手をおおきく見すぎているのです。日本人は中国人を国際ルールを無視した成金だと思っているし、中国人は日本人が急激に右傾化していると思っている。わたしはどちらの国もしっていますが、そういう人はどちらでもごく少数派です」

対立するふたつの国のあいだで仕事をするというのは、そんな視点を可能にするのだろう。

「あんたのいうとおりだといいな。クーの事件のとき、あんたが働いていた池袋の中国系の団体なんていったっけ」

「中池共栄会です」

「今、北口で再開発がすすんでるだろ。あの計画と共栄会はどういう関係なんだ」

おれも熱いカフェラテをのんだ。このひと口が半日分だとしたら、カフェラテは黄金に等しい。

「中池共栄会は池袋に進出した上海系の商人の連合会です。だから、ほかの地域の団体とはあまり仲がよくありません。前回は中国東北地方出身の東龍《トンロン》とトラブルを抱えました。今回の再開発は北京系の力が動いているようです」

東龍のトップの岩のようにごつごつした顔を思いだした。あれから楊峰《ヤンフェン》には会っていないが、この街で元気にやっているのだろうか。しばらく会わないやつは、相手が少々悪者でも懐かしくなるものだ。おれも年をとったのかもしれない。

上海系、東北系、北京系に福建系。中国のことは複雑すぎて、おれにはよくわからなかった。それらが対立しながら、この街を変えようとしている。池袋でショッピングや飲み会をしている多くの日本人には異次元で起きている不可視の出来事だろう。

「その団体の名は？」

「わかりません」

「なんだよ。あんた、それでも腕利きアドバイザーか」

リンがにこりと笑った。

「人まえでそういう人の面子《メンツ》を潰すようなことをいうと、中国では友達をつくれませんよ。マコトは口が悪すぎる」

アナウンサーの先輩に発声練習でも受けているようだった。

「口が悪くて、悪かったな。おふくろゆずりだよ」

リンはきっぱりといった。

「マコトのお母さまはいい人です。すこしわかっていることもあります。去年から池袋に大量の資金が流れこんできている。出所は北京周辺の地方政府か国有企業らしい。すくなくとも民間の企業ではない。その金は日本ではエンパイア不動産にむかっている。今回の北口再開発計画を主導しているのは、その会社です」

エンパイア不動産、おれはスマホにメモした。あとで調べてみよう。日帝の侵略に苦しんだ国が、帝国の名をつけた会社ととり引きするなんて、皮肉な偶然だ。

「どういう不動産屋なんだ」

「株式はもう中国のファンドが全額買ったので、中国系の不動産会社ということになります。都内の一等地をずいぶん買い占めているようです。十五年続いたデフレ不況のせいで、先進国の首都のなかでは、東京の地価はかなり出遅れていますから」

なるほど、気がつけばあんたのマンションのとなりに建つビルが、いつの間にか中国系企業のものだったなんてことが、あたりまえになっている。

「中池共栄会はなぜ手を組まないんだ」

「上海の人は北京が嫌い。日本でも、大阪の人は東京が嫌いでしょう。それに政府系の資金は額は巨大だけれど、共産党のひと言でいきなり蛇口が締められたりする。理由もなく突然。人間関係でどうにかなるものではないのです。池袋中華街の再開発は、ビッグプロジェクトですから共栄会にも協力の打診があったのですが、上海系の老人たちの腰は引けています。北京はどうにも信用できない」

ずいぶんと複雑な利害関係が、中華街のなかでは動いているようだった。

「リンは第三昭栄ビルってしってるか」

中国系アドバイザーはこともなげにうなずいた。

「ええ、池袋パラダイスですね。あのビルは再開発計画の目玉ですよ。ネットを見れば、すぐわかります」

なにもしらないのは、おれだけのようだった。おれはリンに礼をいって、うちに遊びにくるようにというおふくろからの伝言をつたえておいた。

ふたりでスタバをでて、夜の街をぶらぶらと歩いた。リンは北口に借りているマンションへむかう。北口の風俗街をとおり抜けるとき、おれは路地を一本間違えたことに気づいた。ここはクーが働く新天地がある通りだ。紫に金文字の路上看板が派手に光っている。

おれが無視してとおりすぎようとしたところで、地下の階段からサラリーマンふたりがあがってきた。そのあとにクーともうひとりのホステスが続く。金属質の光沢がある肩だしのドレスを着たクーが、おれとリンを見つけると驚きの表情を浮かべた。

「また遊びにきてくださいねー、ほかのお店に浮気したら嫌ですよー」

クーが手を振ると、中年の会社員がクーの細い腰に抱きついた。

「チャイナタウンで好きなのはクーちゃんだけだよ。また来週ね」

目をそらしていこうとすると、クーが声をかけてきた。

「リンさん、こんばんは。マコ兄、ちょっと話があるんだけど」

おれはでたらめに色っぽい格好をした戸籍上の妹に手を引かれ、風俗街の路地の奥に連れこまれた。


頭上のネオンサインが赤、青、緑、ピンクと順番に光るので、おれたち三人はゾンビのように気もちの悪い肌色に変化する。クーがむきだしの二の腕をさすっているので、おれは自分のダウンを脱いで、細い肩にかけてやった。夜の池袋も不景気で、酔っ払いよりも客引きのほうが多いくらいだ。

「マコ兄、メイファからのメール見た？」

見ていなかった。スマホを確認すると、一通届いている。映像つきだ。すぐに開く。文章を読んだ。

＞今度はお店のほうでなく、自宅がやられました。

＞気もち悪いし、ほんとに腹が立って嫌だあ！　ぷんぷん！

顔を真っ赤にした鬼のマークがついている。頭上には湯気があがるアニメーション。なぜかメールって絵文字に退化していくよな。添付された映像を呼びだすと、池袋パラダイスの集合住宅の扉だった。鳥井老人のアルバムで見たものと同じだ。スチール製のドアには卵が投げつけられた黄色い跡が三カ所。それにたぶんケチャップの赤い文字で、シナ人は出ていけとでかでかと書いてある。

「さっき電話で話をしたんだけど、最近は華陽飯店だけじゃないんだって。ほかのお店にもずいぶん激しく嫌がらせが始まってるみたい。いったいどうしちゃったのかなあ。中国人だというだけで、そんなにこの国の人に嫌われるなんて、わたしには考えられないよ。わたしたちはなにもしていない。この街で、みんなと仲よくやって、すこしだけ稼がせてもらえればいいのに」

おれはリンと目を見あわせた。この嫌がらせは確かに反中国派の人間がやったように見える。シナ人と自分たちのことを呼ぶ中国人はいないからな。

「いったい誰が、こんなことをやってるんだろうな」

リンが首を横に振った。

「わかりません。あのビルを欲しがっているのは、北京系の不動産会社です。でも、こんなことをするのは中排会のような右翼の人たち。接点がわかりません」

そいつはおれも同じことだった。店の階段をあがって、若い男性スタッフがクーを呼びにきた。

「すみません、クーさん。ご指名のお客さまがお待ちです」

クーはスタッフを手で制止するといった。

「わたし、もういかなくちゃ。マコ兄、メイファのこと、よろしくね。この街からでていくなんて、誰もできないんだから」

「わかった。仕事がんばってな」

クーは河南省の実家に仕送りを続けている。父親の病気はよくなったようだが、妹や弟の学費が必要だ。クーも一歩も引くことはできなかった。池袋パラダイスをきちんと見ておく必要があった。Gボーイズをつかって、華陽飯店とメイファの部屋を見張るには、現地の正確なマップがいる。

クーがダウンジャケットを返してくれた。

「ダウンあったかいね。ありがと。じゃあ、お母さんによろしく」

おれのはタカシが着ているような二十万もするモンクレールじゃない。中国製のユニクロ。ネオンの点滅する路地に、おれとリンが残された。なんだかまだクーの香水の匂いが漂っていた。

「なあ、リン。今回は誰のために動いているんだ。あんたを信用してもいいのかな」

黒いスーツの男はしばらく黙りこんだ。自分のもっているカードを全部さらすのが、この男は苦手なのだろう。中華街の表と裏を生き抜いて、そんな冒険はしたことがないのかもしれない。じっとやつの目を見つめていると、リンはうなずいていった。

「わかりました。わたしは上海系の仕事を請けています。北京との窓口になっているんです。のらりくらりとかわして、返事を先延ばしにしているんですがね。役に立つような情報がはいったら連絡します。マコトにはクーさんの件で、借りがある。その分は働かせてもらいます」

わかったといって、おれたちは北口の風俗街で別れた。握手はしなかった。そんなことをしなくとも、リンは信用ができる男だ。まあ、同じサイドにいるあいだはね。

考えごとをしていて、よく眠れない夜になった。

夜と朝がひと続きで、ぼんやりしたままの時間ってあるよな。そんな日に限って、目を覚ましたときから凍えるように冷たい冬の雨が降っていたりする。そんなおれの頭をがつんとやってくれたのは、タカシからの電話だった。朝イチでキングが直接かけてくるなんて、革命か戦争でも起きたとしか考えられない。

おれがでると、自動車のクラクションがきこえた。タカシの声は冬の雨だれよりも冷たい。

「池袋名啓病院。すぐにこい。おれも今むかっている」

ぼけぼけの頭が急回転を開始する。めまいがしそうだ。

「中排会のやつらがやられたのか」

タカシが霙《みぞれ》でもばら撒くようにざらりとした笑い声をあげた。

「いいや、襲撃されたのはへ民会だ」

「なんだって。それじゃあ、逆じゃないか」

訳がわからない。今回の事件はなにもかも反転している。守るはずのほうが襲われたのだ。このままにしておけば、憎しみが憎しみを呼び、憎悪が街にあふれだす。

「すぐにいく。あとで話をきいてくれ」

おれは通話を切って、冷えたジーンズに足を突っこんだ。

池袋名啓病院は要町《かなめちょう》の先にある救急指定の総合病院だ。

おれが駆けつけたときには、治療は終わっていた。四人部屋にへ民会のメンバーがふたり入院している。腕と頭には包帯。雨がやんで日ざしのはいる明るい病室には、タカシとへ民会の久野代表、それになぜかレッドネックスの堀口の顔もそろっていた。

「怪我の様子はどうだ？」

おれがそうきくと、包帯を巻いたガキがVサインを送ってきた。タカシがアイスキューブのような声でいう。

「たいしたことはない。一週間の打撲。最低限の傷だ」

「じゃあ、なんで昨日の夜から入院してるんだ」

久野代表が返事をした。

「頭部もやられていてね。ふたりとも帰るといったんだが、医者に経過観察のために大事をとって入院するようにいわれた。時間がない。先に打ちあわせを済ませておこう」

久野代表はうれしげにいう。

「マスコミにリークした。あと三十分で、記者会見を開く。これはへ民会にとってはいいチャンスだ。こちらの被害を訴えて、暴力的な民族差別を広くアピールできる」

「だって、まだ中排会の仕業だと特定できたわけじゃないだろ」

「そうだ。中排会かもしれないし、あそこを抜けたさらに過激な一派かもしれない。けれど、われわれと敵対する団体による犯行の可能性が高いとはいえるだろう。それだけで中排会にはダメージになる」

タカシは窓辺の壁にもたれて、腕を組んで眺めていた。平然としているのは、こいつが頼まれた仕事がレッドネックスから中排会を守るという内容だったからだろう。なにも失敗はしていない。久野代表がお仕着せのパジャマを着た男にいった。やつはなんというか生真面目な予備校生タイプ。

「昨日、警察に話したことをもう一度、彼に話してやってくれないかな、安田《やすだ》くん」

やつはうれしそうにいった。

「デモはなかったんですけど、昨日は池袋の北口でへ民会のビラ撒きと署名集めをしていました」

「なんのために」

「民族差別反対とヘイトスピーチを規制する都条例を推進するための署名です。もう有志は十万人を超えているんです。みんな、あんな醜いデモは嫌いですから」

死ね！とか、殺せ！とか叫んでいるようなやつは、どれほど派手に見えても少数派ということか。おれはちょっと都民を見直した。

「午後七時に解散したんですが、入江《いりえ》くんとぼくは千川で家が近かったんで、ぶらぶら歩いて帰ることにしたんです。襲撃されたのは、山手通りをわたった高松一丁目のあたりでした」

そのあたりなら、おれにも土地勘があった。空襲で焼け残ったとかで、やけに細かく路地がいり組んだ密集した住宅街だ。

「相手は？」

安田が自分の身体を抱いた。顔色が悪い。

「電柱の明かりのしたをとおりすぎたところで、急にうしろから襲われました。たぶん相手は四人だったと思いますけど、正確にはわかりません。全員黒っぽい服装で、黒い目だし帽をかぶっていました」

計画的な襲撃なのだろう。逃走のための車も用意してあったのかもしれない。安田は震えている。暗がりで真っ黒な男に集団で襲われたら、そいつは恐怖だよな。

「腹をなぐられて、身体を折ったところを、ぼこぼこにされたんです。情けないけど、自分の身を守る以外なにもできなかった。くやしいです」

線の細い予備校生のような顔がゆがんだ。久野がいった。

「襲撃犯がきみたちにいった言葉を教えてください」

「はい。やつらは『シナ人の味方しやがって』といいながら、ぼくを蹴りました」

黙っていた入江がいった。こちらは背は高いがマッチ棒のような身体をしている。

「ぼくのほうには『ここはニッポンだ。シナ人は出ていけ』と」

「そうか」

久野代表は満足そうにいう。

「中排会かは確かではないが、これで右翼の民族差別主義者であるのは確定した。記者会見では、その線で押していこうと思う。ヘイトスピーチ規制に、これではずみがつくんじゃないかな」

なぜ、自分たちに損になるような愚かな行動を起こしたのだろうか。おれには中排会の考えがわからなかった。タカシが壁際で腕組みをしたままいった。

「Gボーイズへの依頼は、今までのままでいいのか。そこにいる堀口の部下を身体を張って止める。それで問題はないか」

堀口はじっとタカシをにらんでいた。目を細め、口を開く。

「おれがヘ民会を辞めたのは、代表のあんたがあまりに政治家みたいだからだよ。久野さん、自分の同志が襲撃され、痛めつけられて、胸が痛まないか。腹の底から怒りが湧いてこないのか。放っておけば、やつらはまた襲撃を繰り返すんだぞ。いいか、自分の仲間がやられて、いい政治宣伝になるなんてやつを、どうやって信用したらいいんだよ」

入江がぽつりといった。

「ぼくは二度と襲われるのは嫌です。つぎに誰かが中排会のクソになぐられると思うと、吐き気がする。久野さん、今日でヘ民会を辞めさせてもらいます。堀口さん、ぼくもレッドネックスに参加させてください」

堀口は入江のベッドに歩み寄ると、右手をさしだした。親指をうえにしたサムアップの握手をする。レッドネックスのヘッドが勝ち誇っていった。

「どうした、久野さん。人の心が読めずに代表が務まるのか」

堀口は入江の細い肩をぽんぽんと軽く叩くと、悠々と病室をでていった。タカシはコント番組でも見るように、皮肉に唇を曲げたままだ。同じ質問を繰り返す。

「Gボーイズへの依頼は変わらないんだな」

安田と入江がじっとヘ民会の代表を見つめていた。しばらく考え、久野はいった。

「わかった。この街の近辺で、うちのメンバーへの警護もお願いする」

「悪くない考えだ。別料金になる。あとでうちの会計と話をしてくれ」

商売上手なキング。廊下が騒がしくなった。看護師がやってくる。

「すみません。したのロビーにマスコミの人がたくさんきてるんですけど、どなたか対応してください。記者会見は院内ではなく、外の駐車場でお願いします」

そろそろおれたちは消えたほうがよさそうだった。

「タカシ、ちょっと話がある」

おれは返事を待たずに、廊下にでた。


廊下の奥の窓にむかう。正面にはほとんどの葉を落としたイチョウの大木。見おろすと数十人の記者とカメラマンが駐車場に集まっていた。ヘイトスピーチをめぐる対立がついに暴力的な展開を見せ、負傷者を生んだのだ。日本だけでなく海外のメディアもきているかもしれない。タカシがおれの背中にいった。

「なにか絵は描けたか。今度のトラブルの展開はまるでわからないな。うちへの依頼が増えるから、まあ、悪くはないビジネスだが」

記者たちが場所とりを争っていた。いい場所にはそれだけで価値がある。池袋パラダイスのように。

「おれにもまだぜんぜんわからない。ただ気になることがいくつかある」

タカシの温度が急速にさがっていく。集中したときのやつの癖だ。勝負になると熱くなるのでなく、逆に極端なほど冷めていく。そういう相手と闘うときは、あんたも注意したほうがいい。

おれは第三昭栄ビルで発生中の華陽飯店への嫌がらせ事件を話した。犬や猫の死骸とはらわた。流れで、池袋北口の中華街再開発計画とその裏側も。利害が複雑にからんだ中国人の地方閥。再開発の主流は、この街にきた新しい北京系だ。

「なるほど、おまえはへ民会と華陽飯店のために動いているんだな」

「ああ、こう見えても中国系の妹がいるからな。すくなくともこの街では日本人と中国人に仲よくしてもらいたいのさ」

タカシが無表情のまますこしだけ笑ったのがわかった。やつの場合、どちらかの目尻がコンマ五ミリほどさがれば、笑顔と判定される。駐車場では久野代表の記者会見が始まっていた。声はきこえない。久野は痛々しい雰囲気で、静かな憤《いきどお》りの演技をしている。優秀なスポークスマンなのだ。

「あの雑居ビルが今回の事件の焦点のような気がするんだ。タカシ、このあと時間あるか」

やつは平然といった。

「時間はない。いつだってな。だが、マコトの勘がそういうなら、きいてやってもいい。おまえのいかれた直感で、ずいぶんと助けられたからな」

そのとき、さざなみのように衝撃が記者たちのあいだを駆け抜けた。誰もが自分の携帯電話を開いている。なにか新たな襲撃でも起きたのだろうか。この冬の池袋はなんだか異常だ。いつもなら冬は静かなものなのだが。

おれのスマホが鳴った。着信はクーから。

「もしもし、どうした」

クーの声は切羽詰《せっぱ》まっていた。

「マコ兄、今どこ？　そこにテレビある？　すぐに朝のワイドショーつけてみて」

おれは病室に走った。タカシも影のように追ってくる。安田と入江は記者会見にいって、四人部屋は無人だった。おれは窓際の小型テレビをつけた。十八インチの液晶。画面の奥から噴きだすように黒い煙があがっていた。ちらちらと赤い炎の舌がのぞく。レポーターが叫んだ。

「ただ今ご覧の映像は、池袋北口の繁華街にあるビル火災の現場から、生中継しています。消防は一時間ほどまえから消火にあたっていますが、出火元のビル六階の部屋は依然延焼中です」

カメラがズームダウンした。建物の全景が映る。黒煙に巻かれているのは、半世紀まえのパラダイス、第三昭栄ビルだった。おれはクーにいった。

「テレビ見たよ。事情はわかった。メイファと華陽飯店のおやじさんは無事だよな。おれはこれから、現場にいってみる」

おれは駐車場の記者会見を思いだした。

「そうだ、クー。そのままワイドショー見てたほうがいい。昨日の夜、へ民会のメンバーふたりが誰かに襲撃された。中排会の線が強いんだけどな。今、記者会見やってるから、そのうちオンエアされると思う。じゃあ、また電話する」

タカシが興味深そうにテレビを見ていた。

「そこで燃えてるのが、あのビルか」

「そうだ。やつらのほうがひと足早かったみたいだな。そのビルは半年まえにもボヤ騒ぎがあって、老人がひとり店を閉めてでていっている」

　誰がなんのために池袋パラダイスを狙っているのか、まるでわからなかった。だが、ひとつだけはっきりとしていることがある。暗闇のなかに潜んでいる敵は、なぜかひどくあせっているのだ。へ民会のメンバーへの襲撃に、入居中のビルへの放火。まともな神経じゃない。

「マコト、Gボーイズの車がある。こい」

　タカシが流れる水のような身のこなしで、病室をでて廊下をすすんでいく。やつの速足においつくには、おれは走らなければならなかった。こいつなら競歩でも世界のトップを狙えるんじゃないだろうか。


　西一番街はとんでもない野次馬。消防車も二十台以上きていた。二十メートルほど離れて規制線が張られていたが、おれとタカシはぎりぎりまでなんとか近づいた。ほとんどのやつが、自分の携帯やスマホをオリンピックの聖火のように掲げて、現場をムービーで撮影している。おれが到着したころには、だいぶ下火になっていた。炎はもう見えない。煙も黒から灰色、そして白へと変わっていった。だが、おれが暮らす街一帯に漂うものが焦げる臭いは隠せなかった。

「このままじゃ、おれたちの街がめちゃくちゃになるな」

　おれは黄色の規制線をつかんだ。放水車のしぶきが風で流れてきたのだろうか。濡れている。おれたちの足元もびしょびしょだ。タカシが凍りつくような声でいった。

「へ民会の襲撃は他人事《ひとごと》だが、こいつは違う。この街への宣戦布告だ。マコト、潰す相手を見つけろ。あとはＧボーイズがしとめる」

人がしだいに減っていく。誰もが災難を見たいのだ。もうショーは終わったのだろう。自分たちをいれこんで、第三昭栄ビルを背に記念写真を撮っていた。つきあいきれない。

巡査たちの交通整理が始まったところで、おれとタカシは現場を離れた。

昼すぎに店番をしていると、テレビニュースが流れた。店の奥のレジにいたおれはリモコンで音量をあげた。今日のニュースはすべて見ておかなければならない。女性アナウンサーが淡々と読みあげる。

「池袋駅北口で発生した火災現場から、マンションの住人と見られる遺体が発見されました。警察は丸岡洋造《まるおかようぞう》さんと見て、身元の確認を急いでいます。火は出火元の６０３号室をほぼ全焼して、鎮火されました。消防は失火、放火双方の可能性を調査中です」

壁が黒くすすけた池袋パラダイスに続いて、ぼやけた白黒写真がアップになった。丸岡洋造(78)。この老人がどんな人生を送ってきたのか、おれにはまったくわからない。だが、すくなくとも今朝のある時間まで、この人は生きていたのだ。おれの頭のなかには放火の可能性という言葉だけが残った。

すでにあの雑居ビルは半分以上退去済みだ。この火事で残った住民の退去がさらに加速するだろう。往年の池袋パラダイスは、もうすぐゴーストタウンになる。おれはあやうく売りもののみかんを握り潰しそうになった。

引き続き、ニュース画面は駐車場の久野代表のアップになった。

「襲撃犯人が誰かはわかりませんが、右派の民族差別主義者であるのは間違いありません。民主主義の先進国としてははずかしい事態です。そろそろぼくたちはヘイトスピーチに対して真剣に法規制を考える……」

そこで、おれはボリュームをさげた。ヘ民会の宣伝なら、もうききたくない。おれは呆然としてテレビを眺めていた。全国的なトップニュースが二本連続で、池袋から発信される。こんなことは前代未聞だ。この街のネイティブとしては、ちっともうれしくはなかったけれど。


その日の夕方、おれは第三昭栄ビルにむかった。タカシとは現地で待ちあわせ。

華陽飯店は当然、臨時休業だった。放水車の水を浴びて、店内がびしょ濡れになったのだ。おやじとメイファはロの字型の建物の中庭にテーブルや椅子を並べて乾かし、床をデッキブラシで洗っていた。頭上を見あげると七階までの吹き抜けがなかなか見事だった。まあ、うえのほうでは香港みたいに、窓から棒を伸ばして色とりどりの洗濯物が干してあるんだが。

「マコトさん、これたべて」

蒸し器はつかえないので電子レンジであたためて、メイファが自慢のゴマ団子をだしてくれた。とにかく最初になにかくいものをだす。田舎の親戚みたい。交換で売れ残りのメロンを手渡した。手土産《てみやげ》なんて、おれも大人になっただろ。あつあつのゴマ団子を頬ばっていると、タカシがふたりのボディガードとともにやってきた。

「遅いぞ、団子が冷えちまう。中排会とへ民会のほうはどうなってるんだ」

キングはスツールの座面が濡れていないか手袋をした手で確かめて、コートを着たまま腰をおろした。

「つぎの土曜のデモが山だろう。とくにパレードの最中と解散後。そこにむけて警備プランを練っている。へ民会もそれまでは署名活動やビラ撒きを自粛するそうだ」

キングが山下のおやじを見た。すっと視線をそらしていう。

「おれがここにいないものと思って、マコトにすべて話してくれ。あんたたち大人には評判は悪いだろうが、うちのGボーイズも今回の事件をなんとかしたいと思っている」

両脇に凶悪な人相のボディガードを従え、タカシは西一番街の路地のほうをむいた。質屋、無修整AV店、純喫茶、テレクラ、チェーンの天麩羅屋。駅からすこしはずれてしまえば、池袋北口も場末の雰囲気だ。おれはききとりを開始した。

「このまえ、クレッシェンドの鳥井さんに会ってきた。あの人の店でボヤ騒ぎがあったのが半年まえだよな。いつごろからこのビルで、おかしな動きが始まったんだ？」

華陽飯店のおやじは真冬だが白い調理用の上着一枚で椅子に腰かけ、タバコを吸っている。ひどく疲れているようだった。

「よく覚えてないが、この一年か一年半くらいのもんだ」

「じゃあ、ちょうど中排会のデモが池袋にきたころといっしょだな」

中排会の言葉で、おやじは苦い顔をした。

「やつらがくるまでは、この街じゃ日本人も中国人もそれなりに仲よく暮らしていた。まあ、文化や習慣が違うからときどきもめることもあったが、そこは隣人だしな。ちゃんと話しあいで片がついていたんだ。それがな」

ゆっくりとタバコを吸いこみ、白煙を吐きながらいう。

「妙におたがいぎすぎすしちまって、なにかうまくいかなくなった。住民同士のトラブルが増えたよ。嫌がらせは中国人の店にも日本人の店にもあるんだが、相手がやったんだろうとみんな頭から疑ってかかるんだ。このビルは昔はそれは立派なものだったんだがな」

おれは鳥井老人のアルバムを思いだした。

「池袋パラダイス。中野ブロードウェイや原宿アパートメンツみたいな最先端の建物だったんだよね」

「そうだ。この建物に店をだし、うえのマンションに住む。それがこのあたりのみんなのあこがれだったんだ。おれもそのために必死でがんばった。中華鍋を何十万回振ったかわからない」

おやじが自分の右腕をさすった。ぱんぱんに肉が詰まった焼き豚みたいな前腕。

「最初の嫌がらせは?」

「一年前、いや去年の秋口だった。うちがだしたゴミ袋が切り裂かれて、生ゴミがばら撒かれていた。それがゴミだしのたびに続くようになって、どうもおかしいなと感じた。野良犬やカラスじゃないようだ。うちの店は二階にある別な中華屋とライバルだから、最初はそこのおやじの嫌がらせかと疑った」

「中国人?」

「そうだ。うちで人気のメニューをそのままパクリやがって、ケンカになったこともある。ちいさな商売にもいろいろある」

「嫌がらせはエスカレートしたのかな」

「ああ、野良猫や野良犬の死体を店先に放りだされてみろ。ぞっとするぞ。あんなことができるのは、まともな神経のやつらじゃない。うちだけでなく、よその店にも嫌がらせが続く。あの喫茶店の火事だって、今日の丸岡さんのところだって、誰かが火をつけたんじゃないかと、おれは思ってる」

　放火の可能性。おれの頭のなかで何度目かの下線が引かれる。おやじは声を低くした。

「ここだけの話、丸岡さんのところはいわゆるゴミ屋敷でな、失火ということもあるかもしれない。あの人もおれと同じで長年連れ添った奥さんを亡くして、おかしくなっちまったんだ。おれの場合は、こいつと会えたからよかったけど」

　おやじがびっくりするような優しい目でメイファを見つめた。メイファは頬を染める。そういうことか、なにも恋愛って美男美女だけの贅沢品じゃないよな。

「なんで、放火だって思うのかな」

「丸岡さんはいつもチェーンだけかけて、玄関ドアを開いたままなんで、臭くてたまらないとあの階の住人はみんな怒っていた。火をつけるのは簡単だ」

　第三昭栄ビル全体に地上げの圧力がかかっているのは間違いないようだった。

「エンパイア不動産という会社をきいたことがあるかな」

「ああ、ある。二年ほどまえに説明会があった。このうえにある会議室だ。再開発の話をしてたよ。壁にでかい映像を映してな。なんでも三十階くらいの高層ビルを建てるって話だった」

「その話は、その後どうなったんだ」

おやじは新しいタバコに火をつけた。

「どうにもならないさ。最初に金を積まれて、このビルに飽きてた住人が三分の一くらいでていった。その後は不動産会社からは音なしだ。三カ月に一度くらいポストに移転や転居を勧める手紙がはいってくるが、それだけだな」

おれが気になっているのは、そこだった。なぜか嫌がらせと地上げがまっすぐに結びつかないのだ。嫌がらせの目的ははっきりとしているように見える。だが、そのあとの動きが見えない。嫌がらせと同時期に始まったという中排会のデモについても、バックはまったく不明だ。

「このビルの店ももう三分の一くらいに減っちまった。住民も半分以下だな。だけど、このあとはなかなかみんな手ごわいぞ。もう新しい店をだす金もない店主と生活を変えるのを嫌がる年寄りが多いからな。うちはなにをされても、徹底的にねばってやる。相手がもう負けたっていうまでな。おい、メイファ、ビールもってこい。あとチャーシュー切ってくれ」

そこからはおれとおやじとタカシ、三人の酒盛りになった。メイファは中国人パブで働いていたそうで、酒を注ぐのと場を盛りあげるのがうまい。おれとキングは腹いっぱいで、暗くなった池袋を歩いてもどった。


おれたちは酔った頭を冷やすために、ウエストゲートパークにむかった。スチールパイプのべンチが尻に気もちいい。いつものように下手くそな路上歌手が二、三人。もう街の雑音のひとつになっているので、歌詞の内容もカラスの鳴き声くらいにしか頭にはいらない。

「この街も変わったな」

キングがぽつりと漏らした。センチメンタルになるなんて、この男にしたらめずらしい話だ。

「どう変わったんだ」

「憎しみと無関心が増えた。Gボーイズには悪い話じゃないが、この街で育った人間としては、淋しい感じもするな」

格差はどんどん広がり、自分の身を守るのに精いっぱい。数字をあげられない者は、努力不足だとか愚か者とののしられる。おれには格差社会というのは、自分より下の人間にはどんなにひどいことをしてもいい社会に見える。生活保護を受けている人間、在日の中国人や韓国人、非正規雇用のワーカーたち。ネットを開くと憎しみの言葉が泥の奔流《ほんりゅう》のようにあふれだしてくる。

「でも、おれたちはここで生きてくしかないよな」

あの山下のおやじといっしょなのだ。おれもタカシも池袋よりほかの土地は選べなかった。逃げ場もいき場もないのだ。

「ああ、そうだ。だから目のまえの事件に全力であたる。マコト、つぎはどうする？」

おれは噴きあがっては崩れ落ちる噴水の先端を見つめていった。

「敵の中心に飛びこんでみようと思う。タカシもきてくれ」

「相手は？」

「中排会。代表に会って、話をきいてみよう。おれには今回の事件の形がぜんぜん見えてこないんだ。誰かがうんざりして、こっちに手をだしてくるまで、ひたすら動きまわってみるつもりだ」

タカシが氷雨《ひさめ》のような湿った声でいう。

「やつらがおれたちのために素直に時間をつくってくれるとは思えない。どんなふうに説得する？」

おれはとなりに座る高校時代からの友人に笑いかけた。あのころはタカシも今とは別人だった。引っこみ思案で、純粋で、汚れてなくて。いつか時間ができたら、タカシがどんなふうに池袋のキングになったか、その話をあんたにもしてやるよ。スターでなく、キング誕生の物語だ。

「おまえがいるだろ。あとはへ民会の久野」

「どういうことだ」

ギターを抱いたガキがサビで一段と声を張りあげた。酔っ払いがうるせえと叫んでいる。おれはタカシの耳元でいった。

「つぎのデモをなにごともなく進行させるために、話しあいの場をもちたい。久野代表にそういってアポイントをとってもらう。おまえは警備担当のリーダー。実際にGボーイズの仕事はそうなんだから問題ないだろ。おれはおまえの副官」

キング・タカシがあきれた顔をした。

「おまえはほんとにそういうことだけは頭がまわるな。口も達者だ。どうして池袋で店番なんかやってるのか、理解に苦しむ」

いいや、まったくおれも同感だ、ブラザー。口からでたのは正反対の言葉。

「おまえも一度店番やってみろよ。小銭もらって、ありがとうございまーすっていうのは、案外悪くないぞ。華陽飯店のおやじ、見ただろ」

「ああ、色っぽい中国人妻もな」

「毎日ラーメンと炒飯《チャーハン》ばかりつくってたって、立派な社会人になれるし、幸せな結婚もできる。そうだろ？」

おれとタカシはパイプベンチで目を見あわせて笑いだした。気がつけば、その両方ともおれたちふたりが実現できていないことだった。

池袋でよき市民になるには、すこしばかり辛抱が足りないのかもしれない。


その夜の電話で、久野代表はすぐに動いてくれた。おれの予想どおり。

それはそうだ。ヘ民会は差別主義者に襲撃された犠牲者という有利なポジションを手放したくない。ならば、つぎの暴力的な衝突はぜひとも避ける必要があるはずだった。久野はおれがそう匂わせると、すぐ話にのってきた。ただし裏で中排会とヘ民会がつうじあっているとマスコミに流れたら、双方とも支持者を失う。

面会は木曜の午後、極秘裏におこなうことに決定した。場所はGボーイズ御用達、池袋のホテルメトロポリタンのスイートルーム。おれんちから歩いて五分なので、まず遅刻はしない。

おれとタカシはロビーで落ちあった。やつは黒のスーツに鉛筆みたいに細い黒タイ。こんな格好をしてホストに見えないのは、おれのまわりでやつだけ。おれはいつもの三インチは太いジーンズに、長袖Tシャツとユニクロの三年前のダウンだ。エレベーターのなかでやつがいった。

「今日の作戦は？」

「なにもない」

タカシはおもしろがっているようだ。エレベーターが冷蔵車のコンテナのように冷えこむ。

「マコトと動くと、無駄足は多いが、すくなくとも退屈はしないな」

「おれが質問するから、タカシはむこうの反応を見ていてくれ。おまえの観察力というか、敵の動きを読む勘は超能力なみだから、嘘をついたり、なにか隠していればわかると思う」

黙ったままキングはうなずいた。エレベーターが二十四階で停止した。おれたちはバディものの刑事ドラマのように肩をならべ豪華な内装の内廊下を歩いていった。

二十四階はエグゼクティブ用のフロアだった。ここのスイートルームにはエグゼクティブミーティングルームという名の会議室がついた部屋がある。おれはエグゼクティブではないので、こういう高級感のあるネーミングは好きじゃない。
インターホンを押すと、ドアが開いた。サングラスをかけた大男の顔がのぞいた。前回のデモのとき、中排会の女代表にぴたりと張りついてガードしていたやつだ。身長は二メートル近かった。ドスのきいた声でいう。
「はいれ」
タカシとおれはするりとドアの隙間《すきま》を抜けた。こういうのは昔から得意だ。なかはリビング風の造りで、奥の会議室にとおされた。十人が座れる長方形のテーブルには、中排会の代表・城之内文香とナンバー2の塚本孝造が座っていた。城之内はあたたかな室内でもグレイのダウンコートを脱いでいなかった。冷え症なのかもしれない。身体はバレリーナのように細い。おれは軽く頭をさげていった。

「へ民会から依頼を受けたGボーイズの者です。こちらがリーダーの安藤崇、おれが副官の真島誠。そちらは？」

サングラスの巨人は腕をまえで組んで、城之内の背後に立っている。塚本が口を開いた。黒のスーツはタカシと同じだが、こちらのほうはやけに肩パッドがきつかった。田舎の土建屋みたい。

「代表の城之内に、わたしが副代表の塚本だ。あれは」

あごの先を巨人にしゃくってみせる。

「代表のボディガードで秘書の関谷《せきや》善爾《ぜんじ》。ああ見えて動きは速いし、スケジュール管理も細かい」

おれは巨人を見あげていた。表情に変化はない。こいつとタカシがタイトルマッチを開催したら、どっちが勝つんだろう。タカシはつねづね最高の武器はスピードと戦術だといっているが、巨人にはどえらいパンチ力がありそうだ。

「話というのは、土曜のデモについてです。うちのチームはへ民会の久野さんから、過激派のレッドネックスが中排会を襲撃しないように、陰から守るようにという依頼を受けていました。前回のデモではレッドネックス解散まで、あたりに人をおいてそれとなく監視していました。ご存知のようにトラブルはありませんでした」

城之内がうなずいた。おれは最初のカードを切ってみる。中排会はへ民会襲撃については即日、自分のメンバーは関与していないという声明をだしている。

「だけど、今度はそう簡単にいきそうにない。あの襲撃事件があったからです。レッドネックスは抑えきれないほど猛《たけ》っているし、マスコミ各社の取材もものすごい数になるでしょう。もちろん、うちのほうはなんとか平和裏にデモを終えたい。中排会とも協力したいと思っています。でも、そのまえに確かめておきたいことがある」

おれはタカシを見た。タカシは美魔女風の城之内代表をじっと見つめている。人間テスターだ。

「中排会の誰かが、襲撃したというわけではないんですよね」

城之内は黙ってうなずいた。顔色がよくないが、それが普通なのかもしれない。代わりに怒声をあげたのは、副代表の塚本だった。

「ふざけたことを抜かすな。おれたちがやるはずないだろ。マスコミや警察に散々嫌な目にあわされてるのは、こっちのほうなんだ。ただ日本国の未来を憂えて、正しい道を説いているだけなのにだぞ」

城之内代表が口を開いた。おれはメガホンをとおさない声をきくのは初めて。可憐といっていいほど、かわいらしい響きだった。

「真島さん、逮捕者の数でも、傷害を受けた犠牲者の数でも、媚中派《びちゆうは》の団体よりもわたしたちのほうが多いんですよ。虐《しいた》げられているのは中排会なんです。マスコミも行政も中国マネーに支配されている。だから、わたしたちは微力ながら声をあげているんです」

女性の社会科教師みたいだった。おれのいっていた工業高校でも、こんな先生なら人気がでたかもしれない。正しい目的のためになら、死ねとか殺せとかいう言葉も許されるのだろうか。だが、おれは議論をしにきたわけじゃない。

「わかりました。中排会は手をだしていない。つぎのデモでも、へ民会ともめるつもりはないんですね」

城之内は黙って、微笑む。反応を示したのは塚本だった。

「うるせえな、おまえらそれでもニッポン人か」

こういうやつがつかうのなら、おれはもう二度とニッポンというのは止めようかなと思った。普通にニホンでいいじゃないか。

「ありません。もし、あなたがたがデモを非暴力で終わらせるために働いてくれるのなら、中排会としても協力は惜しみません」

マスコミで見るときの過激な印象ではなかった。この代表は意外なほど常識人だ。おれのなかでは、それがヘイトスピーチと結びつかずに逆に不安になる。

「ただし、媚中派や池袋中華街の不良シナ人が襲ってくるというのなら、わたしたちも火の粉は払わなければならない。その場合は敵を徹底的に排除します」

おれは前回のデモを思いだしていた。中排会のデモにきているのは、学生やアルバイト風の若い男女、あとはくすんだ格好をした中年男が多かった。戦闘能力としては、せいぜいドラゴンボールのクリリンくらい。到底レッドネックスやGボーイズにはかないそうもない。

「中排会にはデモには参加しない別働隊がいるんですか」

「その質問にはおこたえできません」

城之内の目の色が濁った。月に雲でもかかるように暗くなる。なにかを隠している。タカシもそう思ったことだろう。塚本がいった。

「おまえらも驚くだろうよ。池袋のチンピラ風情とはわけが違う」

城之内がひやりとするような声で副代表の名を呼んだ。

「塚本さん」

「はい、代表。わかってます」

「真島さん、安藤さん、これだけはわかっていただきたいんですが、わたしたちは戦後七十年近くこの国が味わわされた屈辱を晴らしたいだけなんです。先の大戦に敗北したせいで、欧米からもアジアからも散々辱《はずかし》めを受けてきた。その問題を解決しなければ、日本はつぎにすすめない。必ず世界の二等国三等国になる。そう信じて国のために自分の身を犠牲にしているのです。あなたがたも日本人なら、よく考えてもらいたい」

そのために中華街を歩く女性を売春婦と罵《のの》り、子どもや年寄りにまで死ねと叫ぶのだろう。愛のために人間が犯す数々の愚行を考えた。おれは疑問を顔にはださずにいった。

「わかりました。おれたちもこの街のために動いています。お気もちはわからなくもないです」

「では、うちの警備担当の関谷と連絡をとりあって、土曜のデモの分担について話をしてください。彼はここに残していきます。わたしと塚本は雑誌社の取材があるので、つぎにいかなければなりません」

サングラスの巨人の空気がすこし変わった。

「あんな事件のあとなので、わたしも同行します。そこのふたりとは電話で済む用件です」

どこか必死な様子。城之内と秘書でガードマンだという巨人の関係を考えた。帰り支度を始めた城之内にきいてみる。

「第三昭栄ビルの火事と北口一帯の再開発計画については、中排会はどう考えているんですか」

城之内には変化はない。再開発という言葉で、塚本の顔色がわずかに変わった。なにもきいていない振りをしたのだ。

「火事は気の毒でした。あんなに設備の老朽化したビルではしかたありませんが。中国資本主導の再開発計画に関しては、中排会は断固として反対します。池袋を日本人の手にとりもどさなければならない」

おれは関谷と連絡先を交換した。中排会のトップ三人はエグゼクティブミーティングルームをでていく。おれとタカシが二十四階の窓辺に残された。眼下にはケヤキの裸木が寒々しいウエストゲートパーク。

「あの女は、ねじれかたが興味深いがシロだろうな」

タカシの声が冷気のように流れ落ちた。

「ああ、問題はナンバー2のほうだよな。塚本孝造だったたっけ。あいつだけが中排会とは波長が違う人種だった。二次元のネット右翼というより、おれたちがよくしっている三次元の企業舎弟や組織のやつら」

窓に映る前髪を直して、タカシがいった。

「このあとGボーイズのヘッド連中がここにくる。おまえも久々に集会に顔だすか?」

「いや、遠慮しておく。塚本について調べておきたい」

おれはどうも集団の会議とかミーティングが苦手。それにエグゼクティブなんて言葉もね。


ホテルをでて、ウエストゲートパークを横切る。スマホを抜いて、二本電話をいれた。氷高組の渉外担当サルには、池袋の組織の誰かが中排会にはいったという噂を確かめてもらう。塚本孝造という男についても調べてもらうよう依頼した。

もう一本は謎の中国系アドバイザー、林高泰。やつにはその後の再開発計画の進展と北京系の出方をあたってもらう。塚本孝造という男とエンパイア不動産の接点が見つけられるかも、大切なポイントだ。

おれは店にもどり、おふくろにしかられながら、和歌山や愛媛のミカンを売った。客の相手をしているときのほうが、おれの頭はよく回転するらしい。だんだんと一枚の絵が浮かびあがってくる。もうつぎのデモまで時間はなかった。そろそろケリをつけるタイミングだ。


夕方、店番をしていると思わぬ来客があった。

喪服を着た鳥井老人だった。もう手に木刀はさげていない。おふくろに一礼すると、おれにいった。

「話をきいてもらえんかな」

異様な雰囲気を悟ったらしい。おふくろがおれにいった。

「お年寄りの話はちゃんときかせてもらうんだよ。店のほうは気にしなくていいから」

おれは黙りこんだ鳥井老人と店を離れた。タカシとは違ってウエストゲートパークで話をきくわけにはいかなかった。年寄りがインフルエンザにかかる。

「パラダイスにいきませんか。あそこの中華屋なかなかうまいですよ」

おれたちは徒歩数分の町内にある元楽園にむかった。ふたりでカウンターに座ると、おやじとメイファが目を丸くした。

「めずらしいお客さんね。鳥井さん、引っ越して以来だ。いつものにするかい」

「ああ、頼む」

ものの九十秒ででてきたのは野菜炒めと瓶ビール。銘柄は青島《チンタオ》。おれもお流れでメイファに注いでもらった。冬でも冷えたビールってうまいよな。ビールをひと口のむと、鳥井老人が唇を震わせた。額が塩ビのカウンターにふれるくらい深々と頭をさげる。

「すまなかった。わたしは臆病者だった。ほんとうにすまなかった」

まるで意味がわからない。顔をあげた鳥井老人の目は真っ赤だ。

「さっきまでわたしは丸岡さんの葬式にでていた。家族や親族がみな泣いていた。わたしが勇気をもって告発していれば、あんな目にあわずに済んだかもしれない。これを見なさい」

喪服の上着の内ポケットから一枚の紙きれをとりだした。鳥井老人のサインと赤い印が見える。

「こいつはトクトミ産業に押しつけられた念書だ。池袋パラダイスから転居するにあたって一切の事実を口外しないという約束のな。やつらの店への嫌がらせはひどかったし、つけ火までされた。謎の男に尾行されたこともある。立ち退きの補償金も大金だった。それでわたしは逃げたんだ。もう池袋パラダイスにはかかわりたくなかった。妻も亡くなって、未練もない」

バブルの時期から地上げの方法も進歩していた。トクトミ産業は組織がらみの地上げ屋なのだろう。さんざん嫌がらせをして相手が音《ね》をあげたころ、巨額の補償金をちらつかせ、秘密を守るという念書を書かせて一本釣りしていく。念書の内容に違反した場合の報復も匂わせていたという。楽園の家は一軒ずつ切り崩されていたのだ。これなら、地上げが外に漏れないのも無理はなかった。大金を受けとった側にも引け目がある。問題はトクトミに金をだして地上げをさせたのは誰かだ。地上げ屋など、いつの時代も末端にすぎない。たぶん北京系の勢力であることは間違いないだろう。エンパイア不動産の名が心に浮かんだ。

「くそっ、そのトクトミ産業とかいう会社はなんとかならないもんかな、マコト」

中華屋のおやじが額に青筋を立てていた。

「ちょっと、すみません」

おれは念書を借りて読んだ。トクトミ産業代表者の名前に目が釘づけになった。よく知っている名だ。塚本孝造。会社の住所と電話番号も書いてある。あのナンバー2の顔が浮かぶ。中国人をシナ人と呼び、池袋からでていけと叫びながら、エンパイア不動産の手下になって日本人に悪質な地上げをしていたコウモリのような男。

「鳥井さん、上申書を池袋署に提出しませんか。丸岡さんのところの火事では、放火の可能性が高いといわれています。この事情がはっきりすれば、クレッシェンドのボヤ騒ぎについても再調査が始まるかもしれない」

おれはこれで事件はほぼ解決したと思った。上申書の書きかたなど、おれにはお手のもの。捜査が始まれば、トクトミ産業と塚本は身動きがとれなくなるだろう。中排会からも除名されるはずだ。このご時世だから、あのデモがなくなることはないが、第三昭栄ビルに関しては平和がやってくる。

なぜだろうか、おれの予想はいつもはずれる。人間がきっと甘いのだ。


その夜、おれは高田馬場にいた。待ちあわせは駅まえのファミリーレストラン。おれが人を待っていると、通話が着信する。サルから。さっそく調べをつけてくれたのだろう。友達思いの暴力団員。

「塚本孝造についてわかったぞ」

情報ってすべて順番だよな。一番早ければ黄金だが、二番目以降は全部鉄だ。

「トクトミ産業だろ。地上げ屋の」

「なんだよ、自分で調べがつくなら、おれに電話すんな。これでもあちこちに借りをつくってんだぞ。やつは京極会の二次団体の頭だ」

「ごめん、ごめん」

そう謝ってから、鳥井老人と第三昭栄ビルの話をコンパクトにまとめた。サルはすべてをきいて、鼻で笑っていう。

「ふん、そういうことか。おれは逆に愉快だな。あんなデモの最中に右でも左でもなく金しか信じない男。おれはそっちのほうがまだ信用できると思うぞ」

サルのいうとおりかもしれない。おれもイデオロギーは大嫌い。ファミレスのガラスドアを頭をさげてとおり抜ける関谷の姿が見えた。おれは手をあげて挨拶し、サルにいった。

「今度の春こそ、タカシとサルとおれの三人で花見しようぜ」

まんざらでもない様子でサルがいった。

「ふざけんなよ。なんで男三人で花見なんかやんだよ。おまえの妹なんていうんだっけ」

「クー」

「あの子がくるなら、花見をしてもいいな」

なぜかクーはサルとタカシには人気があるのだ。おれはなにもいわずにガチャ切りしてやった。人の妹を狙うなんてふざけた類人猿だ。ベンチシートのむかいに座ると、関谷がおれの顔を見ていった。

「なんだ、おまえ、たのしそうだな」

「たのしいはずなんて、ないだろ。なんにする」

おれはメニューをわたしてやった。

関谷は巨体に似あわず甘党だった。フレンチトーストをグローブのような手で器用に切り分けていく。おれは鳥井老人の念書のコピーを見せた。関谷の顔色が変わる。何度目かの再開発と地上げの話。
「その念書と被害者の上申書を警察にもっていく。このまえの火事も放火の可能性が高い。塚本

はもう終わりだ。中排会のためにも、今のうちにやつを切ったほうがいい」

関谷は念書のサインをにらみつけていた。

「そう簡単にはいかない。うちみたいな団体には寄付金なんて集まらない。塚本は一年ばかりまえに巨額の寄付金を送ってきた。あいつがナンバー2になったのは、その金のせいだ。やつを切るとしたら、すぐに金を返せといってくるだろう。うちにはもう金なんてない」

そういうことか。派手に見える民族派も財布の中身は厳しいのだ。貧しい者が貧しい者を攻撃する。典型的な二十一世紀グローバリズム。

「だけど、どうするんだ。このままだと中排会は塚本といっしょに沈没するぞ」

「代表に話をしてみる。もうデモは明後日だ。その上申書、すこしだけ待ってもらえないか」

大の男が頭をさげるのを見るのは、その日二度目。土下座なんてのがテレビドラマで流行っていたが、決して気もちのいい見世物じゃないよな。おれは書いてもいない上申書の提出に悩む振りをした。

「わかったよ。つぎのデモが終わるまで、待ってもらうことにする」

おれは関谷とその店で別れた。やつはその足で、住所は極秘あつかいになっている城之内代表の家にいくといっていた。なんだか姫を守る騎士のようだ。塚本は嫌いだが、おれは関谷はそれほど嫌いでもなかった。敵にもいいやつと悪いやつがいる。世のなかそういうもんだよな。

デモの当日はまたも東京は冬晴れ。気温は二度か三度しかないが、おれの意気は高かった。関

谷と話しあった末に城之内代表が選んだ決断はシンプルだ。ナンバー2の塚本とは距離をおくようにする。来週からは北口再開発とはかかわりがない新宿でデモをおこなう。池袋の街はヘイトスピーチからさよならだ。おれはすべてをタカシに報告済み。このデモさえ無事にのり切れば、池袋に平和がもどってくるはずだ。

ウエストゲートパークで出発の準備をしている中排会の集団を、遠巻きに眺めながらおれとタカシは打ちあわせをしていた。へ民会の久野代表はいたが、レッドネックスの堀口の姿は見えない。

「いや、ほんとによくやってくれた。新宿でもGボーイズに警護を頼めないかな」

久野はお坊ちゃんらしくのんびりしている。タカシはにこりともせずにいう。

「おれたちが守るのは、自分たちの街だけだ」

本業に専念する。それがやはりいいのだろう。おれはこんな口の悪いデモにつきあうより、早く店番にもどりたかった。デモのなかに塚本の顔が見えないのが気がかりだが、おれは最後にいった。

「関谷と話はついているから、中排会のほうから手をだしてくることはない。あとはうちのほうでレッドネックスさえ抑えておけば、問題はまずないだろう」

シナ人を駆逐するぞー、シナ人は殺せー。

きき慣れたメガホンの騒音が始まった。三時間後には、今回の仕事も終わる。おれは冷ややかにピクニック気分の中排会のガキどもを見つめていた。

ウエストゲートパークをでて、マルイの五差路を一周し、また北口にもどってくる。掛け声は、いつもの死ね！帰れ！だ。西一番街にはいり、第三昭栄ビルの角まできたところだった。中排会のメガホンが一時停止を命じる。ここで前回のように休憩をとるのだろう。やっとここまでで半分だ。へ民会のスーツ姿の集団は、通りの反対側で待機している。

おれは城之内代表と影のように寄りそう巨人・関谷の姿を目で追った。関谷がおれにうなずきかけてくる。むこうも問題はないようだ。

そのときだった。へ民会のデモが集まる路地の奥から、別なメガホンが稲妻のように鳴り響いた。

「突撃！　シナ人に買収されたへ民会を生かして帰すな」

黒ずくめの格好をした十数人の男たちがばらばらと駆けこんでくる。手あたりしだいになぐりはじめた。警官が集まるより早くタカシが動いた。Ｇボーイズに王の威厳をもって命じる。

「へ民会を守れ」

デモにまぎれこんでいた武闘派のＧボーイたちが割ってはいった。攻撃されているのはへ民会なので黒ずくめの集団はレッドネックスではないはずだ。サイレンの音が遠く近く鳴っている。

「レッドネックス、いけ」

路地の奥から堀口の号令が響いた。工場労働者のような格好をした集団が駆けてきて、みつどもえの乱戦になった。タカシが踊るように軽やかなステップを踏んで、塚本の部下の黒服を倒していく。テレビゲームみたいだ。

警察の援軍がもうすぐくるだろう。イチかバチかの勝負を追い詰められた塚本が張ってきたのだとおれは思った。できる限り騒ぎをおおきくして、第三昭栄ビルと池袋北口の評判を落とす。それが今後も続く地上げにはボディブローのように効いてくることだろう。放火については部下の誰かを犯人として出頭させればいいのだ。この街を傷つければ、それでいい。おれは腹が立ってたまらなかった。

その場では誰もがへ民会の乱闘に意識を奪われている。野次馬は警官よりも早く到着した。また携帯のムービー撮影が始まった。だから、おれが中排会の城之内代表を見ていたのはたまたまなのだ。小柄な男がするすると近づき、内ポケットからなにかを抜いた。やつの手のなかで弧を描いて光りながら、ナイフが正面にむけられる。短いナイフだが、人を殺すには十分だ。おれは叫んだ。

「関谷、代表が危ない！」

そこからの巨人の動きはタカシに負けない神速《しんそく》だった。城之内文香を守り、自分の身体をいれ替え、ナイフを下腹で受けた。腹に刺さっているように見えたが、やつのグローブのような手が小柄なガキのナイフをもった手を握り潰し、一ミリも動けないようにした。ナイフを引くことも、押しこむこともできずに、関谷とガキが一体化した。足元には血溜りが広がっていく。

最初に救急車を呼んだのは、おれだった。事故ではなく事件だ。男がナイフで刺されている。あとは住所をいって、通話を切った。

おれは関谷の元に駆けつけた。こいつとはさして深いしりあいでもない。だが、近くにいき、やつの目をのぞきこんだら、すべてがわかった。関谷のつぶらな目が歓《よろこ》びに輝いている。城之内文香の代わりに、ナイフで刺されたことがうれしかったのだ。この男の隣国への意識はわからない。はっきりとしているのは、不器用な巨人が民族派団体のリーダーを異性として愛していることだった。

「だいじょうぶか」

そういうとやつはにやりと笑ってうなずいた。ガキはじたばたと逃げようとしたが、関谷が握力をこめると骨のきしむ音がして、ガキは悲鳴をあげた。

「ああ」

「あんたって、ひねくれてるんだな」

「うるせえ。代表は無事か」

中排会のほとんどのメンバーはナイフと血を恐れて逃げていった。おれは青い顔をした城之内文香を見た。

「あんたのおかげで無傷だ」

救急車とパトカーのサイレンが鳴り、西一番街の交差点は赤い光の洪水になった。タカシとGボーイズを確認する。やつらは黒服の襲撃犯からへ民会を守ると、警官たちが到着するまえに風のように消えていた。この街がホームグラウンドなのだ。身を隠す方法など百とおりだってある。

関谷は十日間入院したが、命に別状はなかった。ナイフは腹に五センチ近く刺さっていたが、厚い脂肪と腹筋で止まり、内臓には達していなかったそうだ。

城之内代表を襲撃したのは、意外なことにへ民会でも塚本の部下でもなかった。その場で逮捕されたガキの名は、岡純司《おかじゆんじ》（23）。失業中の非正規ワーカーで、以前は中排会のデモによく参加していたそうだ。一人一殺の過激なテロを主張して、中排会から疎遠になり、縁が切れた途端にネットで元同志たちの総攻撃を受けたという。岡のようなタイプはリアルな世界より、ネットでの攻撃のほうが傷は深い。

あいつはシナ人のスパイだ。えせ愛国者だ。ニッポン人の風上にもおけない。居心地のいい人間関係はすべて絶たれ、今度は同族嫌悪の嵐が襲ってくる。中排会のような団体には、味方か完全な敵しかいない。敵はすべて日本を影で支配する中国資本から金を受けとったスパイなのだ。やつらの頭にはシンプルな陰謀論が染みついてる。岡の純粋な愛国心にスパイ呼ばわりで、火がついた。岡は代表を襲撃する機会を何度かうかがっていた。その絶好のチャンスが、塚本の最後の悪あがきでめぐってきた。あとは、おれが目撃したとおり。中排会の場合、あまりに純粋すぎて、敵はリベラル派のへ民会ばかりでなく、身内にもいたのだ。まあ、粛清合戦は民族派の習性だけどな。

鳥井老人の上申書が効いて、第三昭栄ビルの地上げが社会問題化したのは、週刊誌のとおり。あんたもショッキングな見だしは覚えてるだろ。日本中の一等地が中国系のファンドに買い占められる。つぎはあんたの街だなんてね。

塚本孝造は元パラダイスから手を引いた。弁護士との打ちあわせでいそがしいらしい。逮捕も近いという話だ。二件目の放火では死者もでている。主犯だとされれば、やつはもう終わりだろう。

今回の事件で一番もっともらしい謎解きをしてくれたのは、林高泰だった。もっともやつの場合、すべてが終わってから報告だけしてくるので、実のところおれの味方かどうか、いつもはっきりしないのだが。

うちの店先のガードレールに腰かけ、パイナップルの串をくいながら、やつはおれにいった。

「今回の事件で気になっていたのは、なぜ急に北京系があせりだしたかでした。エンパイア不動産は京極会と手を組んで、塚本のような粗暴な黒社会の人間をつかった。本国でならともかく、日本では禁じ手だったはずです」

おれの返事はつい皮肉になった。

「それはそうだよな。そっちでは役所の強制執行命令一枚で、立ち退きなんて自由自在だもんな」

リンはきれいにおれを無視した。

「中国では新しい国家主席が就任して、汚職浄化と不正摘発に力をいれています。北京系のファンドの金主は地方政府のトップに近い親族だったようですが、そのトップが新国家主席と敵対する派閥だったようです。中国では今、毎月のように政府高官が逮捕されています。彼らにはじっくりと待つ余裕などなくなっていたのでしょう。手っとり早くもうけて、資本を回収したい。その一心で荒稼ぎに走った」

「なるほどな」

おれには紅旗の国の新国家主席など、あまりに遠すぎてイメージできなかった。ひとつだけわかるのは、北京での権力争いが池袋にまで影響する時代だということだ。何度もいうがグローバリズムって素晴らしいよな。リンが唇の半分で笑った。

「ですが、よかった。マコトのおかげで、上海系の中池共栄会が再開発の主導権を握りそうです。今から十年もすれば、この再開発は巨額の富を生むでしょう。あなたの名前は、上海系のご老人たちの耳にいれておきました。彼らは借りは絶対に忘れない。マコトにとってはすごくいい話です」

その借りを返してもらう日がくるとは思えなかった。なあ、誰かになにかを貸したままにするのって、案外いいとおれは思うよ。

ヘイトスピーチのデモについていえば、今日も世界中のどこかでパレードは続いている。城之内早苗と関谷はその後つきあうことになったが、献心的な恋にも根雪のような憎しみは溶けなかった。中排会は新宿で憎悪のパレードを継続中。悪質な地上げは解決できても、世界から他民族憎悪をなくす解決策は見つかっていない。おれはガンや水虫の特効薬より、できればそいつのほうにノーベル賞をやりたい。のむだけで世界人類が兄弟になるなんて薬、ベートーヴェンの第九みたいでいいと思わないか。

第三昭栄ビルの地上げも止んで、華陽飯店のおやじは今日も元気に中華鍋を振っている。やつにはもったいないグラマーな中国人妻・メイファもにこにこと元気だ。困るのはパブで働いていたときの癖か、やたらと身体の線がでる服を着てること。おれとタカシは冬のあいだ、あそこの店ではくい放題の特典をゲットしたんだが、いくたびに目のやり場に困ってしまう。

ある晩、おれは店で酔っ払い、メイファとクーといっしょに花見をする約束をしてしまった。そこにいたのは当然サルとタカシ。気の強いクーがなぜか池袋の若手トップふたりに大人気という話はしたよな。

だからこの春のおれの悩みは、いかにしてやつらの魔の手からかわいい妹を守るかっていうしまらない話。また池袋にヘイトスピーチのデモでもやってこないだろうか。団体の名は断妹会。断固として汚らわしい男たちから清純な妹を守る会の略だ。そんな団体のトップにならおれも就任してかまわない。

人の妹に手をだす男は去勢しろ！

強制的に国外退去させろ！

妹の敵すべてに死を！

そんなデモならおれもよろこんで参加するつもりだ。なんといっても、おれはサルやタカシの兄貴になる気は絶対にない。

初出誌「オール讀物」
北口スモークタワー　二〇一三年二月号
ギャンブラーズ・ゴールド　二〇一三年六・七月号
西池袋ノマドトラップ　二〇一三年九・十月号
憎悪のパレード　二〇一三年十二月～二〇一四年二月号

憎悪《ぞうお》のパレード
池袋《いけぶくろ》ウエストゲートパークⅪ

2014年 7 月15日　第1刷

著　者　石田衣良《いしだいら》

発行者　吉安　章

発行所　株式会社　文藝春秋

東京都千代田区紀尾井町 3-23
郵便番号　102-8008
電話（03）3265-1211

印刷　凸版印刷
製本　加藤製本

定価はカバーに表示してあります。

ISBN978-4-16-390089-6

池袋ウエストゲートパーク

池袋のトラブルシューター・マコト登場。
個性豊かな仲間たちとともに、池袋の街を疾走する。
オール讀物推理小説新人賞受賞作。

単行本・文庫

少年計数機
池袋ウエストゲートパークII

つねに計数機を持ち歩き天才的な記憶力をもつ少年ヒロキ。
実の兄に誘拐された彼を助けるべくマコトが動き出す。
ヒロキの父であるヤクザを出し抜くことができるか？

単行本・文庫

骨音

池袋ウエストゲートパークⅢ

若者を熱狂させる音楽に混入する不気味な音の正体は——。
天才ミキサーの天国の〝音〟への偏執に
マコトとタカシが正義の鉄槌を下す。

文庫のみ

電子の星

池袋ウエストゲートパークⅣ

三百万という大金を残して失踪したキイチ。
心配した幼なじみが彼の部屋で見つけたのは、
不気味な肉体損壊映像が収録されたＤＶＤだった。

単行本・文庫

文藝春秋の本／石田衣良の世界

反自殺クラブ

池袋ウエストゲートパークⅤ

親を自殺で失ったミズカ、ヒデ、コーサクの三人組。
ネットの集団自殺サイトで暗躍するクモ男を
マコトと反自殺クラブは阻止できるのか。

単行本・文庫

灰色のピーターパン

池袋ウエストゲートパークⅥ

副知事の主導で繁華街浄化作戦がはじまった。
清潔になった街からは客足も遠のいてしまう。
池袋の窮地を救うべくマコトが立ち上がる。

単行本・文庫

Gボーイズ冬戦争

池袋ウエストゲートパークⅦ

Gボーイズのチームが次々襲撃された。
犯人は目だし帽の五人組か、影と呼ばれる謎の男か?
そんななかキング・タカシに叛旗を翻す者が現われた。

単行本・文庫

非正規レジスタンス

池袋ウエストゲートパークⅧ

悪徳人材派遣会社に立ち向かうユニオンのメンバーが
次々に襲撃された。潜入捜査をこころみたマコトが
見たものは、過酷な格差社会の現場だった。

単行本・文庫

文藝春秋の本／石田衣良の世界

ドラゴン・ティアーズ――龍涙《りゅうるい》

池袋ウエストゲートパークⅨ

茨城の工場から研修生の中国人少女が脱走した。研修生全員の強制退去まで、タイムリミットは一週間。捜索を頼まれたマコトは、裏組織〝東龍《トンロン》〟に近づく。

単行本・文庫

ＰＲＩＤＥ――プライド

池袋ウエストゲートパークⅩ

ちぎれたネックレスの美女が池袋に現れた。かつてレイプ被害にあいながら力強く再生しようとする彼女の強靭な魂に魅かれていくマコトとタカシ。

単行本・文庫

赤《ルージュ》・黒《ノワール》

池袋ウエストゲートパーク外伝

小峰が誘われたのは、カジノの売上金の狂言強盗。
成功したと思ったそのとき、目の前で金を横取りされた。
シリーズでおなじみの面々も登場する男たちの死闘。

文庫のみ

ＩＷＧＰコンプリートガイド

「池袋ウエストゲートパーク」ファン必携！

特別インタビュー、ストーリー紹介、キャラクター図鑑、
池袋詳細マップ、マコトの音楽ライブラリーほか。
書き下ろし短篇「北口アンダードッグス」収録。

単行本・文庫